いいえ 私は幻の女

A Phantom Lady in Kawagoe

Dai Oishi
大石 大

祥伝社

いいえ私は幻の女

A Phantom Lady
in Kawagoe

by Dai Oishi

First published 2024 in Japan by
Shodensha Co., LTD.
This book is published in Japan by
direct arrangement with
Boiled Eggs Ltd.

Cover Illustration
またよし

Bookdesign
albireo

第一話 ♦ あなたに似た人

私はＪＲ川越《かわごえ》駅で電車を降り、五月のさわやかな日差しを浴びながら大通りを進んでいった。

早朝に宮城の実家を出たときは肌寒かったのだが、真昼の川越は別の国に来たのかと思うほど暖かく、道ゆく人のほとんどが半袖《はんそで》姿だった。長袖のカーディガンを着ている私の肌に、じわりと汗がにじむ。

その商店街に入ると、街の様子ががらりと変わった。

江戸の街を思わせるような、蔵造りの店舗がずらりと軒《のき》を連ねていた。どこまでも続く瓦《かわら》屋根の真上に、突き抜けるような青空が広がっている。

宮城県の内陸部で育ち、高校を出たあとは仙台《せんだい》で一人暮らししながら市内の大学に通い、そのまま仙台の人材派遣会社に就職、先日仕事を辞めて実家に戻る……と、宮城県内で二十六年間暮らしてきた私にとって、ここ埼玉県川越市は今までまったく縁のない場所だった。

事前に調べたところによると、江戸の面影《おもかげ》を残したこの商店街は「蔵造りの町並み」と呼ばれていて、近年多くの観光客が、食べ歩きや周辺の神社仏閣巡りを目的に訪れているらしい。現に今も、平日だというのに商店街はにぎわっており、スイーツを手に歩く観光客の姿があった。商店街には着物レンタル店もあり、ちょうど着物姿のカップルが店内から出てくるところだった。

しかし、私は観光のためにこの街を訪れたわけではない。

スマホで地図を見ながら通りの途中にある路地に入り、数軒先にある「Memory」という名の小さなカフェを訪ねた。

「いらっしゃいませ」

ドアを開けると、カウンターの内側にいる短髪の若い男性店員が白い歯を見せた。店内では、ビートルズの「Yesterday」が流れている。

天井からつり下げられた電球が、薄暗い店内をほのかに照らしている。壁は一面茶色で、テーブルや椅子《いす》も焦げ茶色で統一されていた。レトロな雰囲気のただよう店だったが、家具や内装は真新しく、開店してからさほど年月が経《た》っていないように見える。この店でゆっくりコーヒーでも飲んでいたら優雅な気分に浸《ひた》れそうな気がしたが、私がここを訪ねた理由は別にあった。

「あの……十二時に予約している坂下《さかした》です」

店員に告げると、彼は店の奥を手のひらで示した。

「二階に上がって、右側の部屋にお入りください」

私は奥の階段へ向かう。一歩踏み出すたびにきしむ階段を上り、右側の戸をノックした。

「坂下です」

「どうぞ」

中から返事があった。戸を開けると、窓をレースカーテンで覆《おお》った八畳《じょう》ほどの部屋の中央に応接用のテーブルがあった。若い女性が立ち上がり、私に頭を下げた。

「お待ちしておりました。家入《いえいり》と申します。どうぞ、おかけください」

うながされて椅子に座った。

目の前に、家入さんの顔がある。ぱっちりした大きな目に、まっすぐ通った鼻筋、肌はなめらかで、長い黒髪もつややかだ。私はしばし彼女に見とれていた。

「坂下麻季《まき》さんですね」

家入さんの大きな目が私を見つめる。

「はい。今日はよろしくお願いします」

「メールでのやりとりと重複することもあるかもしれませんが、あらためて詳細を確認させていただきますね」

家入さんがテーブルの上で手を組んだ。「坂下さんの消したい記憶は何ですか?」

そこから話すのか、と思いながら、私は口を開いた。

「亡くなった恋人との記憶を、丸ごと消してほしいんです」

「恋人の名前は一岡純平《いちおかじゅんぺい》さんでしたね」

「はい」

「記憶を消す範囲を明確にしたいので、もう少しくわしくお尋ねします。一岡さんとの交際期間はいつからいつまでですか？」

「一昨年の七月から、彼が亡くなる今年の二月まで続きました」

「彼とはどのような経緯で知り合ったんですか？」

「会社の一年先輩でした。部署は別だったので、社内ではほとんど接点がなかったんですけど、若手社員同士の食事会が開かれたときに意気投合して、それからすぐに交際が始まりました」

「お二人の交際を知る方はどれくらいいるのでしょうか？」

「その食事会で一緒だった人たちはみんな知ってますけど、ほかにはいないと思います。両親にも、学生時代の友達にも、彼の話をしたことはありません」

「会社は辞めたんですよね？」

「はい」

記憶を消したあとも会社に残るといろいろ不都合が生じると思い、退職して実家に帰った。両親には、人間関係に疲れて辞めたとしか伝えていない。

「では、一岡さんという同僚がいた、という事実は覚えたままでもよろしいですか？　彼との仕事上のやりとりなどは、記憶から消さなくてもいいでしょうか」

「かまいません。彼と恋人だったという事実だけ消してください」

「あなたにとって、一岡さんは数多くいる同僚のひとりにすぎなかった。食事会で意気投合はしたけれど、特に恋心を抱《いだ》くこともなく、その後もほとんど顔を合わせる機会はなかった。記憶を消すと、交際期間中のことを思い出そうとしても、特に何をするでもなく、ただ漫然と日々を過ごした、としか思わなくなります。たとえば彼と旅行に行っていた場合、旅先で見た風景や食事などはぼんやりと覚えていられますが、誰と行ったのかを思い出すことはなくなります」

「はい」

　もっとも、彼と旅行したことは一度もない。おたがい宮城県生まれで、仙台を本拠地とする東北楽天《とうほくらくてん》ゴールデンイーグルスのファンだったので野球観戦にはよく行ったけれど、あとは居酒屋や買い物に行くくらいで、どちらかの自宅でだらだら過ごすことが多かった。

「彼の死を知ったときはもちろん悲しかったけれど、心に深い傷を負うほどではなかった。退職の理由に彼の死はいっさい関係ない――記憶を消したあと、あなたはこのような状態になります」

　左手首にそっと触れる。リストバンドの内側には、後追い自殺を試みた痕跡《こんせき》が残っている。

記憶が消えたら、私はこの傷痕《きずあと》をどう解釈することになるのだろうか。

「一岡さんとの交際を示すものはすべて処分しましたか？　たとえばスマホのやりとりや、彼からの手紙、二人の写真……あとは、ペアの食器やアクセサリーも、もしあるようなら捨てたほうが無難ですが」

「大丈夫です。全部処分してきました」

とはいえ、思い出の品は初めからほとんどなかった。純平くんは女性に手紙を書くような人じゃなかったし、彼も私も写真が好きではないから、二人が一緒に写ったものはない。ペアの食器やアクセサリーについては、そういうものを買おうという発想すら、おたがい一度も抱いたことがなかった。

「私とのメールもすべて削除しましたか？」

「はい。全部消しておきました」

家入さんとのメールには、消してほしい記憶のことが詳細に書かれている。当然、残しておくわけにはいかない。

「それと、私に依頼できるのは一度きりです。今回記憶を消したら、二度と依頼を引き受けることはできません」

なぜだろう、と思いながらも、私は了承した。

「それでは、坂下さんの依頼をお受けします。まずは代金をお支払いください」

鞄《かばん》に手を伸ばし、三十万円の入った封筒をつかむ。

封筒を差し出すとき、わずかに躊躇《ちゅうちょ》した。自分から依頼し、そのために退職までしたにもかかわらず、人の記憶を消すことが本当に可能なのか、いまだに信じ切れずにいた。騙《だま》されているのではないだろうか、という不安が頭をよぎる。

「考え直しますか？」

私のためらいを見透かしたかのように、家入さんが尋ねる。

「いえ、お願いします」

私が封筒を差し出すと、家入さんは慣れた手つきで一万円札を数え、部屋の隅の棚に置いた。

戻ってくるとき、家入さんは同じ棚に置かれていた一眼レフを手にしていた。

「坂下さんの写真を撮らせてください」

「写真？」

「あ、動かないで」

家入さんは椅子の上に立ち、私の頭部に焦点を合わせてシャッターを切る。

「これから、坂下さんの脳にある、一岡さんとの交際にまつわるすべての記憶を取り除きます。その際に、坂下さんの頭にしばらく手を触れる必要があるのですが、その間じっとしているのも居心地が悪いでしょうから、代わりに写真を撮らせていただきました。プリントアウトして、写真に手を当てて、一岡さんとの記憶を脳の外へ追い出していきます」

「写真からでもできるんですか?」

「はい。このカメラで撮った写真であれば」

私は、テーブルの上に置かれたカメラを見つめる。一見、何の変哲もない黒の一眼レフだけど、よく見るとメーカーのロゴがどこにもない。特殊なカメラなのだろうか?

「記憶を取り除くまで三時間ほどかかるので、どこかでお待ちいただけますか? 三時間後、本当に消していいかどうかの最終確認をした上で、あなたの記憶を完全に消去します。今は十二時十五分なので、三時半までには必ず戻ってきてください」

「わかりました」

私は礼をして、部屋をあとにした。


一階に下りると、店員の男性が近寄ってきた。

「お疲れさまでした。コーヒーをサービスするので、飲んでいきませんか?」

私はひとまずカフェで時間をつぶすことにした。

十席ほどしかないテーブル席は、観光客とおぼしき若者や、読書に没頭する老人などで埋まっていた。五席あるカウンターでは小学生くらいの男の子が、ひとりでスマホをいじっていた。

カウンターに座り、届いたコーヒーを一口飲んでから、私はスマホを開いた。

大学時代の友人からメッセージが届いていた。

「来月、みんなでグランピングに行くんだけど、麻季ちゃんもどう？」

メッセージに続いて、宮城県内にあるキャンプ場のＵＲＬが送られてきた。今年の春、純平くんの実家のある町にオープンしたキャンプ場だ。先日の朝刊にも折り込みチラシが入っていた。

私は「ごめん、今転職活動中でお金ないんだ。また今度ね」と打ち込んだ。返信のボタンをタップしながら、断るのに都合のいい理由があってよかった、と胸をなで下ろす。

昔から、キャンプの何が楽しいのか理解できなかった。虫がたくさん出そうで気持ち悪いし、わざわざ寝心地の悪そうなテントの中で夜を過ごす理由もわからない。いまだに、キャンプには一度も行ったことがなかった。

以前、自宅でお酒を飲みながら、純平くんとテレビでグランピング特集を観たことがあった。通常のキャンプが、テントやバーベキューセットを自前で用意し、設営や調理も自分たちで行うのに対し、グランピングは、必要な道具や食材は施設側が用意する上に、テント設営や調理もすべて施設のスタッフが行うらしい。

「グランピングに行く人たちは、いったい何がしたいの？」

番組を見ながら、私は純平くんに言った。「人間は自然の中での生活が嫌で都市を築いたのに、どうしてわざわざお金を出してまで昔の暮らしに戻ろうとするんだろう？　それに、自然の中で過ごすなら食材調達や住まいの確保くらい自分たちですればいいのに、そこを人任せにするなんておかしくない？」

純平くんは、私のひねくれた持論に同意してくれる、世界で唯一の存在だった。

「やってることが中途半端だよね」

期待どおり、彼は大きくうなずいた。「結局、エアコンの効いた部屋でテレビ観ながらだらだら飲んでるのが一番だよ」

私たちは目を見合わせ、そろってにやりと笑ったのだった。

そのときのことを思い出しながら視線を巡らせたとき、隅の席に座っている着物姿のカップルの男性が純平くんであることに気づき、私は思わず立ち上がりそうになった。だが、すぐにまったくの別人だとわかり、浮かせかけた腰をふたたびスツールに沈める。

いつものことだった。

面長《おもなが》で黒縁《くろぶち》の眼鏡《めがね》をかけた若い男性を街で見かけるたびに、純平くんが生きていた！　と胸に希望の火が灯《とも》る。だけどよく見ると彼とは似ても似つかないことに気づき、心はふたたび闇《やみ》に閉ざされるのだ。

着物姿の男性も、面長で黒縁の眼鏡という共通点はあるものの、よく見ると髪型は違うし、目は切れ長ではないし、声も純平くんより高い。

そもそも、純平くんが観光地を巡るためにわざわざ着物を着ることなど絶対にありえない。

「何を着て歩いたって、見える風景も体験できることも一緒なのに」

彼が着物姿のカップルを見たら、きっとそんなことを言って、余計なことにお金を使う人たちを揶揄《やゆ》するだろう。そして私は「ユニクロの服でもじゅうぶん楽しめるのにね」と返し、たがいの目を見てにやりと笑うのだ。

でも、彼と永遠に会えなくなった今になって思う。一度くらい、余計なことにお金を使うデートをしてもよかったのかもしれない。着物を着て、おたがい「似合わないね」と苦笑しながら記念写真を撮って、二人の顔がぎこちないのを見てふたたび苦笑いを浮かべて……。

二度とかなわないデートを想像しているうちに、涙がこみ上げてきた。目元を押さえていると、カウンターの中に立つ店員が、「大丈夫ですか？」と心配そうに尋ねてきた。

「あと数時間の辛抱ですからね」

顔を寄せ、いたわるような笑《え》みを浮かべてささやいた。

私は店員をまじまじと見つめる。この男性と家入さんは、いったいどういう関係なのだろう？

「ありがとうございます。でも、思い出をすべて忘れてしまうのも、なんだかさびしい気がします。いまさらですけど」

「二階を訪ねる方は、みなさん似たようなことをおっしゃいますよ」

新たに四人組の客が入ってきた。長居するのも悪いかと思い、私はコーヒーの礼を言って外に出た。

ふたたび、目抜き通りに戻る。電線のない、開放感のある通りがどこまでも続いていた。商店街は相変わらずたくさんの人が行き交《か》っていた。串団子《くしだんご》や焼きおにぎりなど、さまざまな食べ物が売られていて、多くの客でにぎわっている。通りのあちこちから甘い香りがほのかにただよってくる。

道の端で、カフェで見かけた着物姿のカップルが、商店街の地図を広げていた。面長で黒縁眼鏡をかけた男性を見ていると、ふたたび純平くんのことが頭に浮かんでくる。

交際が始まったのは、一昨年、入社二年目の七月のことだった。

同じ課で二期上の西巻《にしまき》さんが、課を越えて若手社員同士の親睦《しんぼく》を深めようと言って食事会を企画したのだ。

西巻さんの本当の目的には、察しがついていた。彼女は、純平くんとの距離を縮めるきっかけを作りたかったのだ。西巻さんが純平くんに気がある、という噂《うわさ》を聞いたことがあった。

参加こそしたものの、私は決して乗り気ではなかった。大勢での食事も、同年代の男性と話すのも苦手だ。いつものように、家で夕食を食べながら野球中継でも観ていたかった。

その日、私は純平くんのはす向かいに座った。

和《なご》やかに進んでいた食事会は、やがてイルミネーションの話になった。翌月、仙台市内の大型園芸施設で開かれるイルミネーションイベントに、仲のいい同期の子が行く予定だという。

話の最中《さなか》、その彼女が私を見て言った。

「そういえば麻季ちゃん、イルミネーションが嫌いだって前に言ってたね」

「え、どうして？」

ほかの面々が不思議そうに私を見る。

たしかに、彼女にそんな話をしたことがあった。前年の晩秋、クリスマスに向けて、大木に巻かれた電飾の輝きが街を彩り始めた時期だった。

「木が病気にかかっているみたいで気持ち悪いんだって。あんなのを見て喜んでるカップルの気が知れない、って言ってた」

彼女が、くすくす笑いながら言った。

「ちょっと、ここでそんな話しないでよ」

恥ずかしがる私を見て、みんなが「麻季ちゃんの言ってることが理解できない」とか「カップルをひがんでるだけなんじゃないの？」などとからかい始めた。

だが、純平くんだけは違った。

「あんなの、まぶしいだけで綺麗《きれい》でもなんでもないよね。単なる電力の無駄遣《むだづか》いだよ」

「ですよね！」

まさか同意が得られるとは思ってもいなかった。興奮した私の口調は、自然となめらかになっていた。

「電力不足とかエネルギー問題が深刻だとか、よくニュースでやってますけど、だったらまずイルミネーションをやめたら、って思いません？」

「思う思う！　意味のない電気が街中にあふれてるんだから、あんなの法律で禁止してしまえばいいんだよ」

「イルミネーションは人類の敵ですよね」

「それに、イルミネーションって、木の生長にも悪影響を及ぼすらしいよ。夜に光を浴びすぎるせいで生長のリズムが崩れるんだって」

「そうなんですか！　じゃあ、人類どころか、地球の敵だったんですね」

イルミネーションの悪口で盛り上がる二人を、同僚たちが呆気《あっけ》に取られた様子でながめていた。

その日の食事会で、私と純平くんにはたくさんの共通点があることがわかった。おたがい熱狂的な楽天ファンであるうえに、嫌いなものがことごとく一緒だったのだ。私たちは二人ともアウトドア全般が嫌いだったし、人前で平然といちゃつくカップルや陳腐《ちんぷ》な恋愛映画を憎んでいたし、ＳＮＳで「いいね！」を押してもらうために必死になる承認欲求の強い人たちを内心で嘲笑《ちょうしょう》していた。

こんなに気持ちが通じ合う人に出会ったのは初めてだった。

食事会の日以来、純平くんと野球観戦に行くようになり、それが何度か続いたのちに、彼の家でキスをして、恋人同士になった。彼から「好きだ」とか「つきあってほしい」とか、はっきりとした言葉がなかったのはさびしかったけれど、かといって私のほうからそんな言葉を口にすることもなかった。愛の言葉をささやき合うのは、私たちの嫌う陳腐な恋愛映画の世界だけで許されることなのかもしれない、とも思っていた。おたがい、初めて恋人ができた私たちにとって、恋愛はわからないことだらけだったのだ。

純平くんが心から私を想ってくれていることは、私に向ける慈愛《じあい》に満ちたまなざしや、紳士的なふるまいから伝わってきた。でも、本当は「好きだ」って言ってほしかったし、「好きだよ」って伝えてみたかった。交際期間が長くなればなるほど、あらためて自身の愛情を言葉にするのが気恥ずかしくなり、結局一度もその言葉を口にすることがないまま、彼は脳腫瘍《のうしゅよう》で死んでしまった。

「俺が死んだら、俺のことはすぐに忘れてね」

と、純平くんに言われたのは、彼の見舞いに行ったときのことだった。手術だけでは腫瘍を取り除くことができず、術後も治療のために入院する日々が続いていた。

「縁起でもないこと言わないで」

「約束だよ」

「純平くんは絶対助かるよ。それに、万が一そんなことになったとしても、忘れられるはずないでしょう?」

「いつまでも引きずってないで、すぐに新しい恋を始めてほしい。麻季が素敵な女性なのは、俺がよく知ってる。俺のように、麻季を必要としている男が必ずいるはずだ」

「かっこつけないでよ」

こんな歯の浮くようなセリフ、純平くんには似合わない。もし恋愛映画の主人公が同じことを言ったら、彼は「痩《や》せ我慢してるなあ。本当は忘れてもらいたくないくせに」とでも口にしたに違いない。

一緒にいるのがつらくなってきたため、私は早々に病室をあとにした。その後、容体《ようだい》が悪化して面会が許されなくなり、そのまま亡くなってしまったため、このやりとりが純平くんと交わした最後の会話となった。それだけに、一方的に押しつけられた約束ではあったものの、彼の言葉は私の胸に重く残った。

それなのに、純平くんを忘れることはできなかった。

街中で純平くんに似た人を見つけ、それが人違いだと気づくたびに、彼がもうこの世にいない事実に絶望した。やがて、彼のところへ行きたいという思いがつのり、風呂場でカミソリを手首に当ててみたり、テーブルに並べた大量の睡眠薬をじっと見つめたりすることが続いた。

先日、とうとうカミソリで手首を切った。それなのに、いざ血が止まらなくなると、とたんに死ぬのが怖くなって救急車を呼んでしまった。

純平くんとの約束を守ることもできなければ、彼の元へ行くことすらできない。半端な自分が情けなくてしかたなかった。自己嫌悪にさいなまれている最中、唐突に、人の記憶を消してくれる店のことが頭をよぎった。

不思議なことに、いつ、どうやってその店のことを知ったのか、今となってはよく思い出せない。ただ、頭に浮かんだすぐあとに、私はインターネットで店のホームページを探し、サイトに掲載されていた連絡フォームに、純平くんと交際していた記憶を消したい、と相談したのだった。

こんな状態がいつまでも続くくらいなら、いっそのこと、強制的に忘れさせてもらおうと思った。そうでもしないと、彼との約束は守れないような気がしたのだ。

私はスマホを見た。時刻は十二時四十分。およそ三時間後には、純平くんのことをきれいさっぱり忘れているはずだ。

当てもなく通りをぶらつき、途中の信号を右に曲がった。「鐘《かね》つき通り」という表示が掲げられたその通りにもさまざまな店が並んでいる。

昔ながらの町並みが続く先に、巨大な鐘楼《しょうろう》が青空に向かって屹立《きつりつ》していた。

時《とき》の鐘《かね》。

江戸時代に建てられ、明治の大火《たいか》後に再建された、川越のシンボルともいうべき存在だそうだ。

多くの観光客が鐘楼を撮影している。その様子を目にした私は、つい純平くんならなんて言うだろうと考えていた。

「みんなどうして、観光地に行くと写真ばかり撮るんだろう」

出不精《でぶしょう》な私たちにしてはめずらしく、二人で仙台市内の観光名所、仙台城まで足を運んだことがあった。有名な伊達政宗《だてまさむね》像の前で写真を撮る観光客を横目に見つつ、純平くんは声をひそめて私に言った。

「写真を撮ることばかりに必死なせいで、目の前にあるものをじっくり味わうことを忘れていると思わない？」

「ほんとね」

私たちは今、ほかの誰よりも伊達政宗の勇姿を堪能しているんだ、という優越感を味わいながら、目の前の銅像をじっくり見つめた。

だけど今、自分たちで撮ったツーショット写真を満足そうに見つめるカップルを見て思う。私たちは、実際にやってみることすらせずに、多くのものを否定しすぎていたのではないだろうか？

世の中の多くの人たちが好むものを純平くんと二人でけなすことで、私たちは彼らの上に立っているような気分になれた。だけどその代わり、私たちはさまざまなものを楽しめる可能性を捨ててきたのかもしれない。もちろん、純平くんと野球観戦をしたり、居酒屋で上司の悪口を言い合ったり、家でだらだらテレビを観たりするのは、かけがえのない時間だった。だけど、私たちはキャンプに行かなかった。ペアのアクセサリーを買わなかった。ツーショット写真を撮らなかった。愛の言葉を交わすことさえ、私たちはしなかったのだ。

言葉……。

私は彼に、どうしても言いたいことがあったのだ。

言わなきゃ、と思いながらも、いざ口にしようとすると唇《くちびる》がこわばってしまって断念せざるをえなかった言葉……。

黒縁の眼鏡をかけた面長の男性の姿が視界の端に映り、私は反射的に目を向けた。

その男性は、これまで出会った偽者《にせもの》たちとはくらべものにならないほど純平くんによく似ていた。心が浮き立つ一方、これが他人のそら似であることを頭の片隅では理解していた。

こうやって、希望と絶望の間を行ったり来たりするのも、あと数時間で終わる。

と思っていると、純平くんの偽者は、私の顔を見たとたん、ほっとした顔を浮かべてこちらに近づいてきた。

「ああ、麻季！　いたいた！」

私はその場に立ち尽くした。

よく通る低い声。この数カ月、私が心の中で何度も思い返していた声とまったく同じだ。

その声が、私の名を呼んでいる。

偽者じゃない。

目の前にいる男性は、どう考えても死んだはずの純平くんだった。

純平くんにもう一度会いたい、と何度も夢見ていたはずなのに、私は恐怖であとずさりしていた。今にも腰を抜かしてしまいそうなのを懸命にこらえる。

「麻季、どうしたの?」

不思議そうに顔をのぞき込んだ彼は、元気だったころの純平くんとうり二つだし、着ている服も見覚えのあるものだった。でも、この人が純平くんであるはずがない。彼は死んだのだ。葬式では彼の遺体とも対面している。

もしかして、幽霊?

「あのさ、ここどこ? 仙台じゃないよね? よく思い出せないんだけど、俺たちどうしてこんなところにいるんだっけ?」

顔を下に向けると、彼にはちゃんと足があった。おそるおそる彼の手に触れると、ほんのり温かかった。足があり、触ってもすり抜けないということは、幽霊ではないのだろうか。

通行人はちゃんと彼をよけて歩いている。彼が見えているのは私だけではないらしい。

この人は本物の純平くんなのかもしれない。

今、家入さんが純平くんとの記憶を消すために頑張っている最中のはずだ。目の前の現象は、そのことと何か関係があるのだろうか。消したい記憶にまつわる人物が、依頼人の目の前に現れるようにでもなっているのか？

「純平くんなの？」

私は目の前の男性に訊《き》いた。

「そりゃそうだよ。どうしたの？　俺の顔忘れちゃった？」

彼は小馬鹿にするような顔で私を見る。私をからかうときに、よくしていた顔だ。

「純平くん」

名前を呼ぶ声が震えていた。世界一好きな人の名前をもう一度呼べる日が来るなんて、思ってもみなかった。

「会いたかったよ」

私は純平くんに抱きついた。一瞬にして、彼のぬくもりが私の全身に染みわたっていく。

「ちょっと、人が見てるよ」

純平くんは引きはがそうとするが、私は必死にしがみつく。カップルが公衆の面前でいちゃつくのは、私たちがもっとも馬鹿にしていた行為のひとつだったから、動揺するのも当然だろう。

私が身体《からだ》を離すと、彼は照れと困惑がないまぜになったような顔をしていた。

「どうしたんだよ急に、場所を考えてよ……麻季、大丈夫？」

純平くんが、泣いている私を見て目を丸くした。

人の少ないところに移動して、涙が止まるのを待った。その間、彼はどうして泣いているのかと何度も尋ねてきたが、私は「何でもないから」の一言で押し切った。

「あのさ、ここ、どこ？」

私が泣き止《や》むと、純平くんが尋ねた。

「ここは川越だよ」

「川越って……え、埼玉の？　俺たち旅行に来たんだっけ？　実は、さっきまで自分がどうしていたのか全然思い出せないんだ。しかも俺、財布もスマホもないんだよ。どこかに落としたかな？」

「きっと、最初から持ってなかったんだよ」

「そんなはずはないと思うんだけど」

「ねえ、この辺、一緒に散歩しない？」

「いや、それより財布を……」

「いいから」

ためらう純平くんの腕を引っぱり、私は大通りに足を向けた。

しぶしぶついてくるのを確認してから、私は純平くんから手を離す。本当は、このまま彼と手をつないでいたかった。目を離した隙《すき》に、彼がどこかへ消えないとも限らない。

でも、純平くんは手をつないで外を歩くのが好きではなかった。歩きにくいし、人前で手をつなぐのは恥ずかしい、と思っているらしかった。

「なんだか、江戸時代に迷い込んだような気分だ」

純平くんが、街の様子を見回す。

川越は「小江戸《こえど》」と称されているが、実際に今の商店街の姿になったのは明治以降のことらしい。明治時代、大火で商店街のほとんどが焼け落ちたのを機に、再建の際は火災に強い「蔵造り」――建物の壁を土や漆喰《しっくい》で塗り固める建築様式を用いることにしたそうだ。

「たまには旅行するのも悪くないね」

純平くんが満足そうに言う。続けて前方に目をやり、「たかがおにぎりのためにあんなに並ぶのか」と呆《あき》れ気味につぶやいた。彼の視線の先では、店頭で売っている焼きおにぎりを求めて、二十人ほどが列をなしていた。

「純平くん。あの……頭は痛くない？」

「え、どうして？」

「前に、頭が割れるように痛い、って言ってたことがあったじゃない」

彼が初めて頭痛を訴えたのは、西巻さんの送別会が終わった翌日のことだった。

純平くんは何も言わなかったけれど、どうやら西巻さんは、私と純平くんの交際中にも、彼にアプローチをし続けていたらしい。だが、昨秋、西巻さんは東京の企業に転職が決まり、会社を辞めた。

話したいことがあると言って純平くんの部屋に行ったとき、彼は終始頭を押さえ、苦痛に顔をゆがめていた。病院で脳腫瘍だと診断されたのはそのすぐあとだった。それを私に知らせたときの彼の重苦しい声は、今もまだ耳の奥にこびりついている。

「そうだったっけ？　でも、とりあえず今はなんともないよ」

はぐらかしているのか、病気の記憶がないのか、彼の態度からは判別がつかなかった。私はそれ以上、訊くのをやめておいた。

「ちなみに、西巻さんが会社辞めたのは知ってる？」

「うん、知ってるよ」

「送別会行ったのは覚えてる？」

「え？　まあ、覚えてるけど」

どうやら病気になる直前のことは覚えているらしい。

「ねえ純平くん、このお店入ってみてもいい？」

私たちは雑貨店に入った。

扇子《せんす》や手ぬぐい、御朱印帖《ごしゅいんちょう》などの和小物に、招き猫の置物や、だるまの枕など、縁起物グッズも売られている。

実際に買うことはめったにないけれど、店頭でさまざまな雑貨が並んでいるのを見物するのは二人とも好きだった。商品をひととおり見てから店をあとにした。私たちの横を、招き猫の置物を買った二人組が「これ、ほんとにかわいいね」と言い合いながらすり抜けていった。

二人組が遠ざかるのを待ってから、純平くんが口を開いた。

「こういうのって、買ったときが一番楽しいんだよね。実際家に帰ってみると、案外いらなかったりするんだよ」

「たしかにね。特に旅先だとテンションも高くなってるから、財布のひもがゆるくなって、余計なものまで買っちゃうのかも」

「俺の叔母《おば》さんがまさにそうだよ。その人、家の中が旅先で買った置物でいっぱいなんだ。前に行ったとき、鳴子《なるこ》のこけしが沖縄のシーサー像に挟まれていたのにはびっくりした」

「それ、すごいね。一度見てみたい」

私たちは目を合わせ、にやりと笑った。ようやく、純平くんも本来の調子を取り戻したようだ。

前方から、着物姿の女性三人組が現れた。楽しそうに笑いながら、私たちの横を通り過ぎていく。

「へえ、わざわざ着物でここまで来たんだ」

「違うよ。レンタルしたんだよ。ほら、すぐそこにもお店があるでしょ?」

私は前方に立つレンタル店を指さした。

「ふうん」

純平くんはあごをさすりながら、片頬《かたほお》をつり上げた。「街を歩くだけなのに、わざわざ着物を着るんだね。何を着て歩いたって、見える風景も体験できることも一緒なのに」

私は純平くんの顔をまじまじと見つめた。今のは、私がカフェにいたときに、純平くんが着物姿の人を見たらこんなことを言うだろうな、と想像していたセリフとまったく一緒だったのだ。

そのときの想定では、私は彼に「ユニクロの服でもじゅうぶん楽しめるのにね」と返すはずだった。だけど、私はまるで別のことを口にしていた。

「純平くん、着物似合うと思うよ」

「へっ？　いや、俺は別にいいよ」

純平くんが戸惑《とまど》いを露《あら》わにし、それから急に目を見開いた。「そうだ、ここが川越ってことは、所沢《ところざわ》が近いよね？」

「え、うん。たしか、電車で二十分ちょっとで行けたはず」

「もし試合やってるなら、西武《せいぶ》ドーム行ってみない？　せっかく埼玉まで来たんだし、たまには別の球場で試合を観てみたいな。今日、西武の対戦相手はどこだろう。楽天だったらいいけど」

純平くんは立ち止まってポケットに手を突っ込み、スマホがないことに気づいて顔をしかめる。

「麻季、調べてくれない？」

純平くんは、私が失望していることに気づいていない。

せっかく再会できたのに、結局また野球なの？

そもそも、十五時半までに店に戻る約束だから、仮に試合があったとしても西武ドームに行くわけにはいかない。

「今日は川越で過ごそうよ」

「えー、野球のほうが楽しくない？　川越は次に取っておこうよ」

簡単に言ってのける純平くんを前に、激しい感情がこみ上げてきた。

「次、だなんて簡単に言わないで！」

この奇跡がいつまでも続くとは限らない。店に戻るまでの数時間が、純平くんとともに過ごすことのできる最後のチャンスなのかもしれない。

私は腹を決めた。

「純平くん、財布ないんだよね？　今日は私がおごるよ」

「ありがとう！　恩に着るよ」

「その代わり」

私は純平くんの手を取った。「今日、これから何をやるかは全部私が決めるから、純平くんはいっさい文句をつけないこと。いいね？」

「え？　どういうこと？　西武ドームは？」

「行かないよ！　純平くんにはこれから着物を着てもらうから！」

私はうろたえる純平くんの腕をむりやり引っ張り、着物レンタル店に入っていった。

そのレンタル店は基本的には予約制だったけれど、飛び込みで来た私たちにも快く対応してくれた。

成人式には行かなかったし、大学の卒業式はスーツで参加したため、大人になってから着物を着るのはこれが初めてだった。

着付けを行い、着物に合ったバッグを借り、最後にヘアセットをしてもらってから、純平くんと受付で合流した。

「かっこいい！」

思わず、率直な感想が口から漏《も》れた。

純平くんは紺色の着物を身につけ、茶色の帯を締めている。彼の優雅なたたずまいは、雑誌のモデルになってもおかしくないほどだった……というのはさすがに贔屓目《ひいきめ》が過ぎるのだろうけど、とにかく私にとっては陶然となるくらい魅力的な姿だった。

「ほんとに？」

純平くんは居心地悪そうに首をさすっていた。

「ねえ、私はどう？」

私は純平くんの前で両手を横に広げた。

白地に桃色の花びらをちりばめた着物を選んだ。ヘアセットを終えて鏡を見たとき、自分でもこんなに綺麗な姿になれるのか、と感激するほどの出来映《できば》えになっていた。こんなことになるのなら、もっと念入りに化粧をしてくるべきだった。

「う、うん、悪くないと思うよ」

純平くんは恥ずかしそうに言う。彼にしては精いっぱいの褒《ほ》め言葉かもしれないけれど、今の私はその程度では満足できなかった。

「それだけ？」

私が露骨に不満そうに訊くと、純平くんは慌《あわ》てて「いや、すごく綺麗だよ」と言い直した。

店を出た私は、純平くんと来た道を戻っていく。

着物が身体に合うかどうか心配だったけれど、肌触りがやわらかい上に思っていたより動きやすかった。草履《ぞうり》も、最初は歩きにくいのではないかと心配していたが、すぐ足になじんだ。

「どこに向かってるの？」

「とりあえず時の鐘に戻ろう」

私は純平くんの手に自分の指を絡《から》めた。彼はぎょっとした顔で私を見つめた。

「ど、どうしたんだよ。今日の麻季、少しおかしいよ」

「そうね……いや、逆なのかもしれない。今までの私たちが、あまりにもおかしすぎたのよ」

「どういうこと？」

眉《まゆ》をひそめる純平くんを無視して先へ進む。

さっき純平くんは、商店街の風景を見わたして「江戸時代に迷い込んだような気分だ」と言った。だけど、おたがい着物姿になった今、私は迷い込んだのではなく、江戸の住人になったような感覚を抱いていた。初めて来たくせに、自分たちがこの街の主役になったような気分だ。

私たちは間違っていた。どうやら、着るものを変えただけで、世界は少し違って見えてくるものらしい。

時の鐘の前まで戻ってきた。私はスマホのカメラを起動させた。

「写真撮ろうよ」

画面を自分たちに向け、鐘楼がいい具合に二人の背後に写るように、位置や角度を調整する。

「ま、マジで撮るの？」

「そうよ。ほら、笑って笑って！」

スマホに映る純平くんの笑みは引きつっていた。まるで真横から銃を突きつけられ、笑わなければ殺すと脅《おど》されたのでむりやり口角を上げているかのような笑みだった。

「そんな顔じゃダメ！　もっと心から楽しそうにしてよ」

「そんなこと言われても」

文句を言いながらも、純平くんはぎりぎり及第点を与えられる程度の笑顔を作ってくれた。

私もスマホに笑みを向け、シャッターを押した。

「ふー」

純平くんが息を吐き、持ち上げた両頬をなでる横で、私は初めて撮った二人の自撮り写真をじっと見つめていた。

「よし、次行こう！」

スマホを閉じ、純平くんの手を握った。ふたたび目抜き通りに出ると、今度は行列ができている焼きおにぎり店へ向かい、列の最後尾に並んだ。

「ねえ、今日の麻季、やっぱり変だよ」

「今日は時間の許す限り、私たちが今まで馬鹿にしていたことをやってみるの」

「どうして？」

「試してみたいの。くだらない、と頭ごなしに決めつけていたことも、やってみたら案外楽しいかもしれないじゃない。私たち、ろくに体験したこともないくせに、いろんなことを否定しすぎてたと思わない？」

純平くんは、意表を衝《つ》かれたような顔になった。

「で、でも、俺、食べ歩きをくだらないと思ったことはないよ。むしろ楽しいくらいなんだけど」

「でも、行列に並ぶのは嫌いでしょ？」

「……まあ、そうだね」

「行列に並んでいる人は、本当にその列の先にあるものが好きなのではなくて、単に流行や世間の評判に踊らされてるだけの、中身のない人たちだ、って馬鹿にしてるんじゃない？」

私たちの前に並んでいた客が、ぎょっとした顔でこちらを向いた。

「…………」

「純平くんの考えそうなことはだいたいわかるよ」

と言ったものの、これは私が以前から行列を見るたびに思っていたことだった。だから今も、私が嫌いなのだから彼も同じ気持ちでいるに違いない、と思っただけだ。

「麻季の言うとおりだよ」

純平くんは、まわりの客に聞こえないよう、声をひそめて言った。「ディズニーランドが好きな友達がいたけど、十分で終わるアトラクションのために二時間待つって聞いて、思わず、総合病院かよ、って突っ込みたくなったし」

「なるほど、たしかに病院みたいだね」

「あと、ラーメン店も人気の店は行列ができるけど、俺、あれって逆だと思うんだ。おいしいラーメンを出す店だから行列ができるんじゃなくて、行列に並んだ上で食べるからこそ、おいしいと思うんじゃないかな」

「どういうこと？」

「時間をかけて並んだのに、食べたラーメンがまずかったらあまりにも割に合わないでしょ？　並ばなくても食べられる店はいくらでもある中で、わざわざ行列のできる店を選択した自分を正当化するために、脳が味覚を改ざんしてるんだよ」

「じゃあディズニーランドも一緒ってこと？」

「そう。行列のできないディズニーは、案外物足りなく感じるのかもしれない」

「ほんとかなあ」

私は苦笑を浮かべた。

行列に並びながら行列の悪口を言い続けていると、いつの間にか先頭まで来ていた。網《あみ》の上に、こんがりと焼き上がったおにぎりがいくつも並んでいる。

焼きおにぎりを一個ずつ購入した。包み紙に入ったおにぎりの上には、肝心《かんじん》のおにぎりが見えなくなるくらい、鰹節《かつおぶし》がたっぷりのっていた。

近くの小道に入り、香ばしい匂《にお》いと一緒に一口頬張ると、だし醬油《じょうゆ》の風味が口いっぱいに広がっていった。

「めちゃくちゃおいしい」

「ほんとだ」

と応《こた》える彼の胸元には、風で飛ばされた鰹節がくっついていた。

「それはほんとの感想？　それとも、行列に並んだことを正当化するために、脳が味覚を改ざんしてるの？」

彼は少し考えてから口を開いた。

「……そういうことじゃないね。これは、マジでうまいんだと思う」

「だよね」

「そもそも、あまり待たされた気もしなかったし」

純平くんが視線を外し、そっとつぶやいた。「麻季と一緒だと、あっという間だった」

不意打ちのような一言に、胸が締めつけられた。

あらためて、この人のことが好きだ、と思う。

彼に「好きだよ」と伝えたい、という気持ちがわき上がってくる。

恥ずかしくて伝えられなかった愛の言葉を、今なら伝えられそうな気がする。

「じゅんぺ……」

口を開きかけた瞬間、純平くんが私の言葉を遮《さえぎ》った。

「あー、おいしかった」

純平くんは一足先に食べ終えていた。「さ、次はどうする？」

「う、うん、ちょっと待ってね」

盛り上がった気持ちがしぼんでいく。きっとほかの恋人たちは当たり前のように口にしているであろう言葉が、私にとってはあまりにも遠い。間の悪い純平くんを心の中で責め立てながら、私は残りのおにぎりを食べ終えた。

その後も、私たちは川越の街を舞台に、今までやったことのないことを試みた。

目についた雑貨店に入り、気に入ったペアの置物を衝動買いした。

買ったスイーツを食べる前に、ベストの角度や背景を二人であぁでもないこうでもないと言い合いながら、SNSなどやったことがないのに、「いいね！」がたくさんもらえそうな写真を何枚も撮った。

いざ食べるときには、「はい、あーんして」と言って、スプーンを彼の口元に向けた。彼は嫌がったものの、私がしつこく食べさせようとすると、終《しま》いには観念して口を開き、照れくさそうに「おいしい」と言った。

「今度はどうする？」

スイーツを食べ終えてから、純平くんが訊いてきた。

「ちょっと休まない？」

歩き回ったせいで、足の裏が痛くなってきたのだ。

私たちは時の鐘に戻り、鐘楼をくぐった先にある小さな神社の濡《ぬ》れ縁《えん》に腰を下ろした。

時刻はまもなく十五時になるところだった。

もうすぐ鐘が鳴るはずだ。十五時になると、撞木《しゅもく》が自動で鐘を撞《つ》くらしい。周囲には多くの観光客が集まり、鐘が鳴る瞬間を待ち受けていた。

十五時の鐘が鳴るということは、家入さんの店に戻る時間も、そろそろ近づいてきている。

「慣れないことばかりやったせいか、疲れちゃった」

純平くんが苦笑いを浮かべた。

「嫌だった?」

「ううん、たまにはこういうのも悪くないね」

純平くんが満足そうに言った。

私は、妬《ねた》んでいただけだったのかもしれない。

純平くんとつきあうまで恋愛には縁がなかったし、昔から友達も少なかった。たくさんの友達に囲まれている人や、アクティブに行動する人、幸せな恋愛をする人たちがまぶしかった。私は、彼女たちが楽しんでいることを否定する理屈を見つけることで、自分を守っていたのかもしれない。私のひねくれた性格は、人生を謳歌《おうか》する人たちに対する羨望《せんぼう》の裏返しだったのではないだろうか。

純平くんという、同じ価値観の人と出会えたのは、もちろん幸せなことだった。だけど、せっかく心から愛する男性と巡り会えて、他人を妬む必要がなくなったのだから、彼とともに、もっと自分たちの世界を広げるべきだったのだ。

唐突に、頭上から音がした。見上げると、鐘にぶつかった撞木が、ゆっくりと元の位置に戻っていくところだった。

二度、三度と、繰り返し鐘が鳴る。鐘の音は、想像していたほど派手ではなく、いつまでも耳を澄ましていたくなるようなやわらかい音色だった。

不意に「麻季」と呼ぶ声がした。

振り向くと、純平くんがキスをしてきた。

衝撃のあまり、私は息ができなくなった。全身が硬直する一方で、心臓の鼓動だけは激しさを増し、身体を内側から揺さぶってきた。

純平くんが顔を離した。彼の頬は赤くなっていたし、私も恥ずかしくてまともに目を見ることができなかった。視線を外したその先に、「おやまあ」とでも言いたげな顔で、私たちを見つめるおばさんの姿があった。

唇には、まだ純平くんの余韻が残っていた。鐘はまだ鳴り続けているけれど、その音をやけに遠くに感じる。

「公衆の面前で性欲を抑えられない愚《おろ》かな連中」

私が言うと、純平くんは首をかしげた。

「純平くん、前に駅前でキスしてるカップルを見てそう言ってたよね」

「ああ、言ったかも」

純平くんがわざとらしくため息をついた。「あいつらと同類になったのか。俺たちも堕《お》ちたなあ」

「ほんとにね」

私たちは見つめ合い、しばらく二人で笑い合った。彼は、いつものにやりとした笑みではなく、吹っ切れたような、さわやかな表情を浮かべていた。

きっと私も、同じような顔をしているのだと思う。

唐突に、純平くんが立ち上がった。

「俺、もう行かなきゃ」

「え、どこに？」

純平くんが歩き始めたので、私は慌てて彼の腕をつかんだ。

「着物、先に返しておくから」

「ちょっと待ってよ」

「俺が西武ドームに誘ったとき、『川越は次に取っておこうよ』って、気軽に言ってごめん」

純平くんの弱々しいほほえみが、私の胸を衝いた。その顔は、かつて病室で「俺が死んだら、俺のことはすぐに忘れてね」と言ったときの表情とそっくりだった。

「俺たちに、次なんてなかったんだね」

私の手が震え始めた。彼は、自分が死んでいることに気づいたのかもしれない。

「行かないで」

純平くんの腕をぎゅっと握る。いま手を離せば、彼はもうこの世界から消えてしまう気がした。

「ごめん、麻季」

「私をひとりにしないで」

「約束したよね。俺のことはすぐに忘れる、って。俺のことを引きずらないで、早く新しい恋を始めてほしい、って言ったの、覚えてるよね？　最後に、一緒にデートができて楽しかったよ。おたがい、もうやり残したことはないだろう？」

純平くんは、駄々をこねる子どもを諭《さと》すような口調で言った。

「やり残したことは……」

そこで私は「あっ」と声を上げた。「ひとつだけある」

「そうなの？　でも、ごめん、もう時間がないんだ」

「待って、すぐ終わるから。あなたに言いたいことがあるの」

私は純平くんから手を離し、彼と向き合った。

もし再会できたらどうしても言いたかった言葉を、私はまだ口にしていなかった。

純平くんは、緊張した面持《おもも》ちで私をまっすぐに見つめている。

私は深呼吸してから、もう一度息を吸った。

「西巻さんと浮気したでしょ？」

「……え？」

彼はとたんに目を泳がせた。

一方の私も、自分自身の発した言葉に驚いていた。本当はこんなことを訊くつもりじゃなかったのに、と悔やみながらも、いったん発した言葉をなかったことにすることはできず、私は追及を続ける。

「西巻さんの送別会のあとで、二人でラブホテルに入っていくのを見た人がいるの」

その光景を目撃した同期の子が、私に知らせてくれたのだ。すぐに自宅へ押しかけて純平くんを問いつめようとしたのだが、彼はその日終始頭痛を訴えていて、とても話を切り出せる状況ではなかった。

純平くんから脳腫瘍の知らせを受けたのはその数日後のことだった。病に苦しむ中で浮気の追及をするわけにもいかず、結局真相がはっきりしないまま永遠の別れを迎えてしまった。

「いや、あの……ほら、あの人しつこかったんだよ。送別会の日も、最後にわがままを聞いてほしい、って泣きつかれて、行くしかなかったんだ」

「行くしかなかった？　何よその言い訳。純平くんが毅然《きぜん》と断らなかったのが悪いんでしょう？」

「で、でも、安心して！　俺、何もしてないよ。西巻さんがシャワー浴びてる間にちゃんと逃げ帰ってきたから」

誇らしげに言う純平くんを蹴り飛ばしてやりたくなった。

ホテルからこそこそ逃げ帰る彼の様子を思い描く。その姿には、百年の恋もいっぺんに冷めるような惨《みじ》めさがあった。ほんの二時間前、着物姿の彼を、雑誌のモデルにふさわしいくらい優雅だと思ったけれど、今の彼は単なるダメ男にしか見えない。

「よくそんなかっこ悪いことを堂々と言えるね」

「何だよ、俺は麻季を安心させようと思って……」

「あのね、ほかの女とラブホテルに入ったというだけでもうアウトなの」

私はこれみよがしにため息をついた。「俺のことは忘れて新しい恋を始めて、だなんてよく言えたよね。私がいながら新しい恋を始めかけてたくせに」

「そんなこと言わないでよ」

純平くんは困り果てた様子で言った。

「ていうか、あのセリフ、何だったの？　恋愛映画の主役にでもなったつもり？　全然純平くんらしくなかった。無理してたのがバレバレよ」

「そういうこと言うなよ！」

純平くんは、今度は顔を真っ赤《まっか》にして怒った。

言い争う私たちは、いつの間にか周囲の注目の的になっていた。ぶしつけな視線を向ける人もいれば、興味のないふりをしつつ、こちらを盗み見る人もいる。キスのあとで目が合ったおばさんは、「愛し合ったり喧嘩《けんか》したり忙しい人たちね」と思っているのか、呆れ果てた表情を浮かべていた。

みんなに見られていることに気づき、急に羞恥心《しゅうちしん》がこみ上げてきた。

「今度は、公衆の面前で痴話《ちわ》喧嘩する愚かな連中になっちゃったね」

私が冗談めかして言うと、純平くんはほっとした様子で頬をゆるめた。

「俺たち、どこまでも堕ちていくなあ」

「ほんとにね」

私は苦笑いで応じた。

この数時間で、たくさんの「初めて」を経験した。毛嫌いしていたものでも、やってみると案外楽しいものだと学んだ。

でも、人前で醜《みにく》い言い争いを繰り広げるのは、もうこりごりだ。

と、私が反省した次の瞬間だった。

「俺、行くね」

唐突に純平くんが踵《きびす》を返して走り去った。

虚を衝かれ、すぐには身動きが取れなかった。

一瞬遅れてあとを追い、鐘楼の前の通りに出る。

純平くんは通りの入口で男の子とぶつかったが、尻もちをつくその子に声もかけずに走り去り、人ごみの中に紛《まぎ》れていった。

西から差し込む強い日差しが、小江戸の町並みを鮮やかに照らしている。

十五時を過ぎると、人の姿は若干《じゃっかん》少なくなった。このあたりは、夕方までには大半の店が閉まるらしい。

私はレンタル店へ着物を返却しにいった。店員に尋ねると、やはり純平くんは先に返しにきていたそうだ。

私服に着替え、「Memory」に戻る。男性店員が、「上でお待ちですよ」と言って、手のひらを奥の階段に向けた。

ノックして部屋に入ると、家入さんが私を待ち受けていた。机上には、私の写真が置かれている。

「あの、実はさっきまで、死んだはずの純平くんが……」

と言いかけたところで、家入さんが口を開いた。

「坂下さんの脳から一岡さんの記憶を排除する過程で、記憶が一時的に実体化して、あなたの前に現れたんです。ときおり、このようなことがあります。その姿は、坂下さんの記憶を元にして形作られているので、実際の一岡さんとは少しずれがあったかもしれません」

「そうだったんですか……」

私の記憶を元にした姿なのであれば、西巻さんとは何もせずに帰ってきた、という純平くんの発言は事実とは限らないことになる。浮気は何かの間違いであってほしい、という私の願望が、あのようなことを言わせたのかもしれない。

「あと少しで、あなたの脳から、一岡さんと交際していた記憶は完全に消え去ります。ただし、今ならまだ引き返すことができます」

家入さんが、大きな目を私に向けた。

「引き返す？」

「実体化した記憶と出会って、やはり忘れたくない、と心変わりする方は少なくないんです。もし坂下さんが、彼のことを覚えていたいと望むなら、今からでも記憶を消すのをやめられます。ただしその場合でも、返金には応じられません。どうしますか？」

私は腕を組んだ。

しばらく考えたのち、家入さんの目を見て答えた。

「記憶を消すのはやめておきます」

「本当によろしいですね？　最初に、依頼を受けるのは一度きりだと言いましたが、今断ってもそれは同じです。あとになって、やっぱり忘れさせてほしいとご依頼されたとしても、応じることはできません」

「かまいません」

私は迷うことなく返した。

――俺が死んだら、俺のことはすぐに忘れてね。

死ぬ間際、純平くんと交わした約束を、私は破ることにした。

今日、私は純平くんと再会して、心が震えるほどの喜びを味わった。彼とともに初めての体験をたくさんして、自分たちの殻を破ることができた。そして最後に、彼とキスをして、思い切り喧嘩をした。

二人で過ごした、この夢のようなひとときだけは、絶対に忘れたくない。

「でも、どうして依頼は一度きりなんですか？」

「たとえば坂下さんの場合、一岡さんと再会したいがために何度もここを訪れて、記憶が消える前に依頼をキャンセルする、というのを繰り返すおそれがあるからです。ここは、記憶を消すための場所です。消そうとしたはずの記憶にいつまでもとらわれてしまうのは、本意ではありません」

「なるほど……」

家入さんはこれから、消しかけた記憶を元の状態に戻すための作業をするらしい。立ち会う必要はないと言われたので、私は店をあとにすることにした。

「今日はありがとうございました」

最後に頭を下げると、家入さんは「気をつけてお帰りください」と微笑を浮かべて言った。


一階のカフェに下りると、男性店員と目が合った。

「だいぶすっきりした顔になりましたね」

彼は、春風のようなさわやかな笑みを浮かべた。

「はい。なんだか、吹っ切れた気分です」

私は、帰る前にもう一度カフェでゆっくりしていくことにした。

スマホを開くと、グランピングに誘ってきた友達から、「そっか、残念……転職活動頑張ってね！」という返信が届いていた。

その文面を見つめながら、私は今日のことを思い返していた。

さっきまでの純平くんとの時間を通して、ずっと敬遠していた行為の中にも、多くの楽しみが含まれていることを身をもって知った。

奇跡のような時間の中で、私たちはこれまで避けてきたことを片っ端から体験することができた。でも、奇跡はもう二度と起こらない。私もいずれ、純平くんと同じ場所へ行くことになる。そのときに、「あれをしておけばよかった」と悔やんでも遅いのだ。

私は返信の文章を打ち込んだ。

「ごめん、やっぱり行ってもいいかな？」

キャンプ場があるのは、純平くんの実家がある町だ。彼の家の墓も、実家近くの寺にある。キャンプの帰りに墓参りに行くのもいいかもしれない。そして、初めてのキャンプがどんなものだったか、彼に教えてあげるのだ。

今日だけではなく、これからもいろんな体験をして、その都度、どんなものだったかを純平くんに報告しよう。それを聞いた彼は、同じ体験をしてみたかったと歯噛《はが》みするだろうか、それとも、麻季も変わってしまったな、と皮肉めいた笑みを浮かべるだろうか。

彼のいない世界で、彼とともに生きていこうと、私は思い始めていた。

今日撮った写真を見返す。

真っ先に、時の鐘の前で撮影したツーショット写真を見つめた。撮った直後はいい顔をしていると思ったけれど、よく見ると二人とも笑顔が引きつっている。初めてのことに戸惑いながらも、精いっぱい楽しもうとしている二人の姿は、我ながらいとおしかった。

その後も写真を見返していると、スマホが震えた。友達からの返信だった。

「ほんとに？　やった！」

少し遅れてふたたびメッセージが届く。

「男友達も何人か連れてくから、気に入った人がいたら好きにしちゃっていいよｗ」

「了解ｗ」と送りつつ、私は友達からのメッセージの中にある「好き」の二文字に目を留めた。

結局、純平くんに「好きだよ」と言えなかった。本当は、時の鐘で純平くんと別れるときに自分の想いを伝えるはずだった。それなのに、あらためて彼と向き合ったら照れくさくなり、つい全然違うことを口にしてしまった。

「好きだよ」と伝えたときの彼がどんな反応をするのか、この目でたしかめてみたかった。そして、その言葉を発したときに、自分の感情がどうなるのかも。

浮気の疑惑を指摘したとたんに猛烈な怒りがわき上がってきたのであれば、愛の言葉を口にしたら、いったいどれだけの愛情がこみ上げてくるのだろう。

不意に、純平くんの声がよみがえってきた。

「次に取っておこうよ」

次なんてない、とは限らないはずだ。

うん、そうするよ。と、私は記憶の中の純平くんに応えた。

第二話 ♦ Kの喪失

一階にある、昭和の趣《おもむき》がただようカフェに下りてきてから、すでに一時間以上が経《た》っている。

だが、いまだに小泉《こいずみ》は、二階にいた家入という女性のことを考え続けていた。

自分から依頼をしておきながら、店を訪ねるまではずっと半信半疑だった。本当に記憶を消すことなどできるのか、自分は騙《だま》されているのではないかという不安が消えなかった。

だが、家入と対面した瞬間、不安はふき飛んだ。

清楚《せいそ》なたたずまい、透き通るような白い肌、そして何より、こちらを見据える大きな目に、小泉は魅了されていた。他人の記憶を消すことくらい簡単にできるのかもしれない、と思わせるような神々《こうごう》しさが、彼女にはあった。

彼女は何者なのだろうか。

隣の席に新たな客が座り、店員の男性が注文を取りにきた。家入との面会を終え、一階に下りてきた小泉にコーヒーをサービスしてくれたのも彼だった。どうやら家入の仕事のことも理解している様子だ。外見からするとまだ二十代だと思うのだが、彼がこのカフェの店長なのだろうか。店内ではビートルズの曲が終始流れているのだが、この選曲も彼の趣味なのだろうか。

そういえば、小泉が初めて自分の店を持ったのも彼と同じ二十代だった。

飲食店を経営していたころに、ここ川越にも店舗を出そうと検討したことがあった。近年、川越は江戸の雰囲気を残した町並みや神社仏閣を目当てに多くの観光客が訪れるようになり、人口も増えていたため、新規出店先の候補に挙げていたのだった。

だが、川越への出店は叶わなかった。そのころから経営状況が悪化し始め、それどころではなくなったのだ。

スマホが鳴った。

「家入です。今どちらですか?」

「下のカフェにいます」

「すぐに来ていただけますか?」

腕時計を見ると、午後二時半を指している。記憶を消す作業に三時間かかると聞いていたが、まだ一時間半しか経過していない。

小泉は通話を終え、コーヒーの礼を言ってから階段を上った。

部屋に入ると、家入は首を横に振った。

「ダメでした。記憶を見つけることはできませんでした」

「そうですか……」

小泉は肩を落とした。

テーブルの上に、家入が撮影した、小泉の頭部の写真がある。家入はその写真に視線を落とした。

「記憶を消す際は、写真に手を当てて、消したい記憶が脳のどのあたりにあるのかを探っていきます。一時間ほど経つと、脳の一部がぼんやりと光り始めるので、今度はその光を脳の外へ追い出していくのです。ただ、今回に限っては、一時間半経っても、なんの反応もありませんでした」

家入は残念そうに続けた。「やはり、忘れてしまった記憶だけを消去するというのは難しいことなのかもしれません」

小泉は、五年前にとある事件に巻き込まれた。その際、車に轢《ひ》かれて頭部に外傷を負った影響で、事件の記憶を失っていた。時間が経つにつれて徐々に記憶を取り戻してきたのだが、轢かれる直前のことだけはどうしても思い出せずにいる。そのことがもどかしくてしかたなかった。

記憶を消す店の存在をいつ知ったのか、今となってはよく思い出せない。

事件の記憶ごと消してしまえば、記憶喪失に陥《おちい》ったこと自体、忘れることができるはずだ。楽になれる、という思いと、これ以上記憶を失っていいのだろうか、というためらいの間で揺れる日々が続いた。

この店を頼ろう、と決意したきっかけは、恋人との婚約だった。

今年に入り、恋人の妊娠がわかった。小泉は四十三歳、恋人は四十歳。今さら自分たちが子を授かるとは夢にも思っていなかった。

結婚を機に、過去と決別することを決めた。余計な悩みを捨て、心機一転、新たな人生を歩むことにしたのだ。

小泉はすぐにこの店にメールを送り、記憶を消したい旨を告げた。

今日、店を訪ね、さらにくわしい事情を話した。だが、事件に巻き込まれたことを婚約者に話していると告げると、家入は難色を示し始めた。

「事件そのものを忘れてしまうと、今後の婚約者とのやりとりに支障が生じるおそれがあります。事件の記憶を丸ごと消してしまうのは、やめたほうがいいかもしれません」

「ちょっと待ってください。話が違うじゃないですか！」

小泉が気色ばむ一方、家入は冷静な顔つきを崩さなかった。

「婚約者に記憶を失っていることは話しましたか？」

「いえ、それは話していません……というより、話せませんでした」

「ほかに、親族や友人に、記憶喪失の事実を知る方はいますか？」

「いえ、誰も。当時存命だった母は亡くなりましたし、事故に遭ったとき、見舞いに来た友人は誰もいませんでした」

自嘲《じちょう》気味に語る小泉を前にして、家入は満足そうにうなずいた。

「では、記憶喪失になったこと自体を忘れるのはどうでしょうか？」

意味がわからず、小泉は首をかしげた。

「失っている記憶は、一時的に思い出せずにいるだけで、脳の中にはちゃんと残っているので、その部分のみを消すんです。さらに、記憶を取り戻せずに苦しんでいた日々の記憶も消そうと思います。車に轢かれる前の記憶が定かでないのはこれまでと一緒ですが、思い出せないのは記憶喪失のせいではなく、昔のことでよく覚えていないからだ、とでも認識するようになるので、深く気に留めることもなくなります。記憶喪失に陥ったことを忘れたい、という小泉さんの希望を叶えられると思うのですが、いかがでしょうか」

「……たしかに、それはいい考えかもしれませんね」

「問題は、喪失中の記憶を見つけ出せるかどうかです。ふだん、私はお客様から聞き取った話をもとに、消すべき記憶をイメージしながら、それが脳内のどこに眠っているかを探ります。しかし今回は、消したい記憶の内容を知ることができないため、うまく探り当てられるかどうかは、やってみなければわかりません。記憶を失っている間に何があったのか、ある程度見当はついていないのですか？」

「実は、だいたい推測はできているんです」

小泉は記憶喪失に至るまでの経緯と、記憶がない間に起こったと思われる出来事を語った。

家入は、小泉の推測を参考に、見つけられるかどうか試してみる、と言った。

記憶を消せなかったら返してもらうと約束して、小泉は三十万円を家入に預け、下のカフェで待っていたのだった。


記憶を見つけられなかったのが悔しかったのか、家入は無念そうに唇を噛《か》んでいた。

小泉は、おそるおそる彼女に尋ねた。

「ということは……私の推測は間違っていたということですか？」

「小泉さんの推測の全部、もしくは一部が間違っているか、あるいは重要な何かが抜け落ちていたのかもしれません」

家入は、しばらく考え込むそぶりを見せてから、ふたたび口を開いた。

「何があったのか、一緒に考えてみませんか？」

「考える？」

「もっとくわしく聞かせてもらえませんか？　その日、記憶喪失にいたるまでの間に、どんな出来事があったのか、できるだけ詳細に話してください」

「はあ……でも、今さら何かがわかるとは思えないですけど」

「第三者の視点は大事です。もしかしたら、私が、小泉さんの見落としていた事実に気づくことができるかもしれませんよ」

家入がほほえみかけてきた。

「ちゃんと説明するとなると、かなり時間がかかると思いますが」

「私はかまいません。お客様の要望を叶えるためなら、できる限りのことをさせていただくつもりです」

「そうですか……」

家入の熱心さに負け、小泉は話すことにした。

記憶を取り戻すために、これまで何度もあの日の出来事を振り返った。家入にも、かなり細かいところまで説明できるはずだ。

事件の日のことを思い出そうとすると、いつも、真っ先に潮の香りがよみがえってくる。

あれは五年前の四月半《なか》ば、海辺にある小さな町の民宿に滞在していたときのことだった。

＊

私は砂浜に立ち、目の前に広がる太平洋をながめていた。

真昼の太陽が、水平線の上に浮かんでいる。遠くから汽笛《きてき》が聞こえてきた。民宿の主人によると、この砂浜は、夏は海水浴場となり、多くの人が訪れるらしい。今は私のほかに人の姿はない。海岸沿いに延びる国道からは、車の音はたまにしか聞こえてこなかった。

民宿にチェックインしたのは昨日の夕方だった。

今日は朝食のあともしばらく部屋で寝転がり、食堂にあったパチスロ雑誌を読みふけっていた。昼が近づいてからようやく外に出て、コンビニのイートインコーナーで弁当を食べ、宿の近くにあるこの海岸を訪れたのだった。

だだっ広い海岸に、波の音が響く。

私は歩を進め、波打ち際に立つ。押し寄せる波が靴の先端にまで届き、砂に染みこんで消えていく。

私は潮の香りを吸い込み、はるか遠くの水平線を見つめる。旋回するカモメが、私の視界を横切っていく。

さらに海に近づこうとしたときのことだった。

「すみません」

振り返ると、私より一回りは年上と思われる、髪に白いものが混じった男性が立っていた。彼の顔には見覚えがあった。

『いそ』に泊まっている方ですよね?」

彼は、私が宿泊している宿の名を口にした。

「そうです」

「ああ、やはりそうだ。私も、二日前から泊まっているんですよ」

男性が相好《そうごう》を崩した。「私、柿崎《かきざき》と申します」

「小泉です」

「少し、お話ししてもよろしいですか?」

「ええ、まあ」

本当は人と話をしたい気分ではなかったのだが、年上の男性から丁重な態度で請《こ》われると、断るのは難しい。

「小泉さんは、しばらくこちらに滞在するんですか?」

「そうですね。三泊する予定です」

「私も、もうしばらく泊まるつもりです」

そこで、柿崎がにこりと笑った。「小泉さんも、やはり霧島葵《きりしまあおい》のファンですか?」

「ええ、まあ。アイドル時代、わりと熱心に応援していたんです」

私は頭を掻《か》いた。

霧島葵は、私と同年代のタレントだ。不倫が発覚して一時は芸能活動を自粛していたものの、舞台での演技が評価され、ふたたびテレビで活躍するようになった。

一年前、霧島葵はあるバラエティー番組に出演した際に、謹慎中の生活を語っていた。彼女は小さな町にある海沿いの民宿に泊まり、一週間もの間、ひたすら海をながめていたのだという。連日波の音を聞いているうちに少しずつ心の傷が癒《い》えてきて、宿をあとにするころには、これからどうやって返り咲くかを前向きに考えられるようになったそうだ。

そのとき彼女が泊まったのが「民宿いそ」だった。

「民宿いそ」はファンにとって聖地となり、実際に泊まりにいく者も少なくなかった。学生時代に霧島葵の握手会に通っていた私も、機会があれば彼女を立ち直らせた町をこの目で見てみたいと思っていたのだった。

「柿崎さんもファンなんですか?」

「ええ、まあ。まとまった休みが取れたので、一度泊まってみようと思いまして」

「そうですか。昨日まで、何をしていたんですか?」

「何をって……たいしたことはしてません。このあたりをドライブしてたくらいですかね」

「ドライブですか……まあ、観光スポットも特になさそうですしね」

少し離れたところにこの町唯一の駅があり、その周辺にはスーパーやパチンコ店、町役場、飲食店などが立っている。ほかには集落が点在しているだけで、宿の主人が「海のほかには何一つ見どころのない町」と言っていたとおり、行ってみたいと思えるような場所はどこにもなさそうだ。

「あ、でもすぐ近くに展望台がありますよ」

柿崎が背後を指さした。

国道の反対側に小さな山がある。あの山の途中に展望台があり、海を一望できるらしい。

「までしたら、一緒に行きませんか？」

「いえ、遠慮しておきます」

「まあ、そう言わずに。壮観ですよ？」

「すみません、今はそういう気分ではないので」

「少しくらいいいじゃないですか。つきあってくださいよ」

「行きませんよ！」

あまりにも柿崎がしつこかったため、つい声を荒らげてしまった。驚く柿崎に、私は「すみません」と頭を下げる。

「一人になりたいんです。そっとしておいてくれませんか」

「失礼しました。心配だったので、つい……」

「心配？」

「ええ」

柿崎がうなずいた。「あなたが海に向かって歩いていく様子を見ていたら、このまま海の底に沈んでしまうつもりなんじゃないかと思えてきて、つい声をかけてしまいました」

私が呆然《ぼうぜん》としていると、柿崎がためらいがちに尋ねてきた。

「もしかして、本当にそうするつもりでした？」

柿崎に問われ、小さくうなずいた。


海岸から少し離れたところに、展望台へ続く道があった。

柿崎の車で山道を登る。ゆるやかなカーブを曲がると、コンビニ一店舗分ほどの広さの平らな場所に出た。

車三台分の駐車スペースと、ベンチが二基あるだけの、小さな展望台だった。人の姿はない。

私は、展望台を囲う木製の柵《さく》に手を置き、果てしなく広がる海を見下ろした。海からの風が、私たちの髪を乱していく。

しばらく海をながめてから、今度は陸地を見下ろす。向かって左側には、海岸沿いにぽつんと立つ「民宿いそ」の姿があり、右側には先ほどまでいた砂浜が広がっている。それよりさらに遠くに、町の中心地があった。

身を乗り出して町の様子を見下ろしていると、隣から柿崎の声がした。

「あ、あの、早まらないでくださいね」

「え？」

私はしばしきょとんとしてから、柿崎が何を心配しているかわかった。柵をまたいだ先は崖《がけ》になっている。飛び降りたら無事ではいられないだろう。

「大丈夫です。おかしなマネはしませんよ」と柿崎を安心させた。

私たちは近くのベンチに腰を下ろすことにした。

「今思えば、死のうとしていた方を高いところに連れ出すなんてどうかしていました。とにかく海から遠いところへ連れ出さなければ、と思っていたので」

だとすれば、柿崎の判断は正解だ。

「柿崎さん。私はあのとき、死のうとしたというより、海の底へ行きたかったんです」

「……どういうことでしょう？」

「柿崎さんは、梶井基次郎《かじいもとじろう》の小説を読んだことはありますか？」

高校生のころ、日本の文学作品を集中的に読み込んだ時期があった。今ではもうほとんど内容を忘れてしまったのだが、先ほど海をながめていたときに、不意に梶井基次郎の『Kの昇《しょう》天《てん》──或《あるい》はKの溺死《できし》』という短編のことを思い出したのだった。

「いえ……小説は読まないんです」

柿崎が恥ずかしそうに答えた。

主人公の友人Kが、満月の夜に海岸で溺死した。入水《じゅすい》したとしか思えない状況だったのだが、主人公は、満月が海の真上に浮かぶ時間帯に亡くなったことに注目した。

Kは単なる自殺ではない。以前から月に魅《み》せられていた彼は、きっと月に昇ろうとしたのだ。身体が海の底へ沈んでいく一方で、魂は空高く舞い上がり、ついに彼は月に到達したに違いない。と、主人公が確信を得るところで物語は終わる。

波打ち際で、海の真上に輝く太陽を見つめていた私は、不意にその小説のことが頭に浮かんだ。海底に沈む肉体と、月めがけて飛翔していく魂のコントラストに魅了されたことを思い出した。

私は半ば無意識に、海へ向かって歩を進めていた。柿崎に呼び止められていなければ、あのまま海中に身を投じていたのか、それとも途中で我に返っていたのか、自分でもよくわからない。

「この町に来たのは、単に霧島葵と同じ宿に泊まりたかったから、というだけではなさそうですね」

柿崎が言った。

「死のうと決めてここへ来たわけではないんですけど……正直、いつ死んでもいいや、とは思っています」

「何か、つらいことがあったんですか？」

「ええ、まあ」

隠すほどのことでもないので、私はここ十数年間の出来事を柿崎に話すことにした。

昔から、将来は何か大きなことを成し遂《と》げたい、という野心を抱《いだ》いていた。子どものころはサッカー選手を目指して練習に明け暮れた。スポーツの才能に見切りをつけてからは物語の創作に憧れ、文学作品を読みふける日々が続いた。

大学に入り、サークル活動やアルバイトでさまざまな社会人と接するようになると、今度はビジネスでの成功を夢見るようになった。居酒屋チェーンを経営する企業に就職し、数年間店長を務めてノウハウを身につけたのちに先輩社員とともに退職し、女性が気軽に入れる店をコンセプトにした居酒屋を開いた。

店は繁盛した。当時は「女子会」という言葉が流行《はや》り始め、女性同士で居酒屋を利用する人が増えていたのだ。時流に乗ることに成功し、私たちは首都圏を中心に、店舗を次々と増やしていった。それにともなって、店の知名度も上がっていき、メディアで取り上げられる機会も増えた。

人生に暗雲がただよい始めたのは、三年前のことだった。

共同経営者が、電車内で痴漢《ちかん》行為を働いた疑いで逮捕されたのだ。

本人は容疑を否認、彼の誠実な人柄をよく知る私も無実を信じ、裁判をサポートしていくことになった。

同じころ会社経営にも問題が生じ始めた。急速に店舗を増やしたために人件費に予算を割《さ》けず、給料を低めに設定していたのだが、このころから同業他社の賃金が年々上がっていき、従業員が思うように集まらなくなってきたのだ。さらに、共同経営者の逮捕がネットに広まり、客足はどんどん遠のいていった。私たちは数十軒あった店舗の大半を閉めざるをえなくなった。

追い打ちをかけるように、昨年の秋、私は恋人から別れを切り出された。

独立してすぐに交際を始めた女性で、彼女は私の夢をずっと応援してくれていたし、いずれは結婚するつもりでいた。だが、落ち目の私に見切りをつけたのか、彼女はほかの実業家と交際を始めていたらしく、私の前で悪びれもせずにそのことを口にした。

さらに今年に入り、共同経営者の有罪が確定し、罰金刑が科された。それ以来彼は私が何度やめろと言っても、仕事の合間にスマホを開き、ネットに書き込まれている自身への中傷に目を通すようになった。

彼が自《みず》ら命を絶《た》ったのは、二月の終わりのことだった。自宅に残されていた遺書には、私への謝罪の言葉と、自身の無実を訴える旨が記されていた。

葬儀を終えたあと、私は会社をたたむことにした。落ち込んでいく一方の経営状況を立て直すだけの気力は、私にはもう残されていなかった。

「夢も、仲間も、恋人も、全部失ってしまいました」

私は乾いた笑い声を上げた。

「それは、つらい経験をされましたね」

柿崎が言った。

遠くから、電車の音が風に乗って届いてくる。ふたたび周囲が静かになるのを待ってから、柿崎はふたたび口を開いた。

「でも、人生これで終わったわけではありません。失ったなら、また手に入れればいいんですよ。小泉さんはまだ三十代でしょう?」

「三十八です」

「私より二十歳も若いじゃないですか。あなたの人生は、まだまだ可能性に満ちています」

「そうでしょうか」

そっけない返事を返す私に負けじと、柿崎は身を乗り出して続ける。

「しばらく休んでいれば、きっとまた、新しい目標を見つけられますよ。今のあなたには想像もつかないような、すばらしい人生が待ち受けている可能性が、まだまだ秘められているはずです」

「そうでしょうか……」

柿崎の懸命な説得も、私の心には響かない。仮に新たな目標を見つけたとしても、ふたたび失敗して、すべてを失うことになるかもしれないと思うと、まったく気力が湧いてこないのだ。

「今はもう、何もかもがどうでもいいんです」

それだけ言って、大きくため息をついた。

「だったら……」

柿崎が私の肩をつかんだ。突然のことに驚いていると、柿崎は頬《ほお》を紅潮させ、すがりつくような視線を私に向けてきた。

「あなたの人生、私にくださいよ」

「え……？」

「失業、失恋、友達を亡くす、どれもそこまで珍しいことではありません。その三つを全部経験している人、世の中にはたくさんいます。でもみんな腐らずに毎日生きてますよ。私と違って身体は健康で、年だってまだ若いのに、人生投げ出そうとしているなんて、あんた馬鹿なんじゃないですか？」

「柿崎さん、もしかして、あなた……」

私がその続きを言えずにいると、柿崎が口を開いた。

「末期癌《がん》です。余命半年だと言われました」

柿崎は私の肩から手を離し、弱々しい笑《え》みを向けてきた。「別にね、もう一度壮大な野望を持たなくたっていいんですよ。安月給だけど人の役に立てる仕事をこつこつ頑張って、仕事のあとの晩酌《ばんしゃく》が何よりの楽しみ、という人生も、意外と悪いものじゃありません。というより、そういう当たり前の毎日が、今の私にはまぶしくてたまらないんです」

柿崎の目に涙が浮かぶ。だが、彼はすぐに目元をぬぐった。

「私も、四十を過ぎてから人生をやり直したんです。私ね、これでも昔は外資系の企業でバリバリ働いていました。ただ、成果主義の会社だったから、ストレスがひどくてね。そのはけ口となったのが、酒と妻でした。浴びるように酒を飲んで、妻に暴力を振るう。その繰り返しですよ」

私は耳を疑った。柿崎の人柄と、「暴力」という言葉が、私の中でうまく結びつかなかったのだ。

「あるとき、いつものように妻を殴ったら、頭を打って動かなくなりました。いっぺんに酔いが覚めて、救急車を呼んだんです。妻の意識が戻らない間、私はずっと怯《おび》えていました。もちろん妻を案ずる気持ちもあったんですが、このまま死んで自分が人殺しになってしまうことが、おそろしくてたまらなかったんです」

「奥さんはどうなったんですか……？」

「無事に意識を取り戻しました。私は、金輪際《こんりんざい》暴力は振るわないから許してくれと謝ったのですが、妻はもう結婚生活を終わらせようと決めていたんです。当然ですよね。私たちは離婚して、妻は子どもを連れて実家に帰りました。それ以来、一度も会っていません。何度かメールをしたんですが、返事さえくれませんでした」

「そうですか……」

「結局、ストレスに耐えきれなくなって、外資系の会社を辞めました。その後はずっと家庭の水回りトラブルを扱う会社で働いています。毎日、依頼のあった家に行って、トイレの詰まりを解消したり、配水管の洗浄をしたりするんです。収入は減りましたけど、そのぶんストレスもなくなりました。私生活もだいぶ変わりましたよ。昔は夜の街で派手に遊んだものですけど、今は毎晩の発泡酒と、休みの日に行く銭湯が何よりの楽しみです。ほんと、絵に描いたようなおっさんですね、私は。でもね、こういう毎日も、案外楽しいものなんですよ」

柿崎は笑い、そして絞り出すように続けた。

「こんな日常とも、あと少しでお別れです」

柿崎にかけてやれる言葉が思いつかなかった。代わりに、うつむく彼の背中に手を添える。

それからしばらくの間、私たちは若い恋人同士のように、ベンチで寄り添っていた。


夕方になるまで、柿崎とともに、展望台から海をながめていた。

ぼんやり景色を見下ろしつつ、ときおり柿崎ととりとめのない会話を交わす。この十数年、いつ過労で倒れてもおかしくないくらい、めまぐるしい日々を送っていた私にとって、長時間、何もせずに過ごすというのは新鮮な体験だった。展望台をあとにするころには、柿崎と出会う前にくらべて、心がいくぶん軽くなっているのに気がついた。

車で坂道を下り、海沿いの道に出る。そこから「民宿いそ」まではすぐだった。

「おや？」

民宿の駐車場まで来たところで、柿崎が声を出した。

宿の主人が、若い男性と言い合いになっていた。

「なんなんだよ毎日毎日！　もういい加減にしてくれ！」

主人が顔を真っ赤《まっか》にする一方、若者は「うるせえよじじい」と言って薄ら笑いを浮かべている。

「どうしました？」

私が割って入ろうとすると、若者が舌打ちしてこちらを見た。

「なんだお前。関係ない奴はすっこんでろ」

「なんだと？」

あまりの物言いに、頭に血が上った。「あんた、口の利き方を少しは考えたらどうだ？」

若者をにらみつけると、彼も頬を紅潮させた。

「おっさん、あんまり調子に乗るなよ」

若者が私の胸ぐらをつかむ。

私はひるまなかった。死ぬことにくらべれば、一、二発殴られるくらいどうってことはない。

「汚い手で触るな」

若者の手を払いのけようとしたとき、主人が私たちの間に割って入ってきた。

「お客さん、落ち着いてください。中に入りましょう。もうすぐ夕食ですから」

主人が若者から引きはがすように私の肩をつかむ。

「ですが……」

「あまり怒らせないほうがいい。ちょっと危ない男なんです」

主人が私に耳打ちする。

宿の前に、煙草《たばこ》の吸《す》い殻《がら》がたくさん落ちている。主人は吸い殻を拾ってから、出入口の戸を開け、宿に入るよううながしてくる。

私は若者の様子を窺《うかが》う。若者は、うろたえる柿崎をすごい形相でにらみながら、駐車場に停めていた軽自動車に乗り込んだ。

「なんだったんですかね、あいつは」

柿崎に言った。

「ええ……」

よほどおそろしかったのか、柿崎は唇を震わせ、軽自動車が見えなくなるまで目で追い続けていた。

「あれは宇治田《うじた》という男でね、この町の厄介者ですよ」

夕食時、宿の主人が、若者のことを話してくれた。

宿泊客は、今日も私と柿崎の二人だけだった。親しくなったこともあり、私たちは食堂の同じテーブルで夕食を取った。途中で主人が通りかかったので、さっきの男は何者なのか訊《き》いてみたのだ。

「集落が違うから話をしたことはほとんどないんですが、あいつは中学のときにこの町に転校してきたそうです。当時から問題児だったらしくて、高校に進んだものの、暴力沙汰《ざた》で退学になったと聞いてます。一度は町を出たそうですが、どの仕事も長続きしなかったらしくて、結局戻ってきたんですよ。そのあとは町内の工場で働いてたんですが、去年首になったそうです。それ以来、さらに素行が悪くなって、最近ではあちこちで問題を起こすようになりましてね」

主人はうんざりした顔つきになった。「宇治田はかなりのキャンプ好きらしいんですが、行くたびに揉《も》め事を起こすから、今ではあちこちのキャンプ場で出禁《できん》になってるそうです」

「さっきは、どうして言い争いになってたんですか？」

「吸い殻落ちてるの、見たでしょ？　宇治田がやったんですよ。前にパチンコに行ったときに、あいつが駐車場で煙草のポイ捨てをしてるのを注意しましてね、それ以来、宿の前に吸い殻を捨てていくようになったんですよ。怒らせるとまずいのでいつもは気づかないふりをしてるんですが、今回はたまたま私が外に出たときにあいつと鉢合わせしちゃいましてね。私も昔は喧嘩《けんか》っ早《ぱや》かったものですから、つい食ってかかっちゃったんですわ。お客さんが間に入ってくれて助かりましたよ」

と、私にお礼を言ってから、主人は顔を曇らせた。「ほんとにあいつを刺激するのはまずいんです。つい半月前のことなんですけど、駅前の中華料理店で暴れ回ったらしいんですよ。店内はめちゃくちゃになったし、店員も怪我《けが》をしたそうです」

「警察には通報しなかったんですか？」

「してないそうですよ。きっと報復を恐れたんでしょう。以前、宇治田は別の店でトラブルを起こして警察のやっかいになったんですが、それからというもの、宇治田は店長の娘さんをつけ回すようになったんです。今回ひどい目に遭った店の店長も、年ごろの娘さんがいますからねえ……」

「そうですか……ちなみに、その中華料理店では、何か暴れる原因があったんでしょうか？」

「接客態度が気にくわなかったとか。まあ、あそこの店長は、たしかに少しぶっきらぼうな物言いをする人ですからね」

「だからといって、たったそれだけのことで……」

「だからこそ怖いんですよ。ここ最近は、ちょっとしたことですぐにキレるんです。仕事を失って、友達もいなくて、町の人からも疎《うと》まれています。あいつは世間とのつながりがいっさいないんですよ」

「家族はいないんですか？」

柿崎が訊いた。

「どうやら親御さんはもう亡くなってるらしいですよ」

「そうですか……」

柿崎が気の毒そうにつぶやいた。

「そのうち、とんでもないことをしでかすんじゃないかと心配しているんです。ほら、鬱屈《うつくつ》した若者が手当たり次第に人を殺す事件、たまに起こるじゃないですか」

小さな町にいることもあり、私は反射的に、戦前に岡山の農村で若者が起こした大量殺人事件、通称「津山《つやま》三十人殺し」を、次いで、十年ほど前の秋葉原《あきはばら》の通り魔殺人事件を思い出した。

「いけねえ」

ぞっとする私を見て、主人が額《ひたい》に手を当てた。「お客さんたちに聞かせる話じゃなかったですね。申し訳ない、忘れてください」

主人は私たちに両手を合わせ、食堂を出ていった。

「忘れろ、と言われてもねえ……」

柿崎に顔を向けると、彼も「ですよね」と苦笑いを浮かべた。

私は瓶に残ったビールを二つのグラスに注《つ》いだ。

「宇治田、でしたっけ。彼のような人でも、これからいい人生を送る可能性を秘めていると思いますか?」

宇治田のような人間が相手でも、柿崎は同じことを言うだろうか。

柿崎の返答は早かった。

「当然です。二十代なんて、まだ人生始まったばかりじゃないですか。いくらでも変わるチャンスはあるはずです」

「そうですか。でもそれを言ったら、柿崎さんの人生だって、まだまだいろんな可能性が残されているんじゃないですか？」

「私ですか？」

「半年って、意外と長いですよ。海外旅行でも、昔の知り合いに会いにいくでも、映画館やコンサートに行くでも、いろんな楽しみがあるじゃないですか」

柿崎はしばし考え込んでから口を開いた。

「そんなことよりも、今は人の役に立つことがしたいですねえ。最後に人のためになることをして、この世から去っていきたいですね」

柿崎はビールを飲み干した。

食事を終え、私たちはそれぞれの部屋に戻った。風呂に入り、テレビを見て、午後十時ごろ眠りに就いた。

深夜に目が覚めた。

仕事を辞めてから眠りが浅くなり、夜中に目を覚ますことが増えた。トイレに行っておこうと思い、私は部屋を出た。

民宿の廊下は、アルファベットの「T」に似た作りになっている。横棒の右側に客室と浴場があり、左側に食堂や厨房、トイレがある。縦棒の突き当たりには玄関があり、その近くに、主人の居室がある二階へ続く階段があった。

常夜灯がぼんやり光る廊下を進み、トイレのある「T」の左端へ向かう。

用を足している間、ガラスの割れるような音が聞こえてきた。トイレから出た直後、今度は玄関の方向から、どさり、と何かが倒れる音がした。

私は音を立てずに廊下を進み、玄関を覗《のぞ》き込んだ。

明かりのついた玄関ホールに、二人の姿があった。ひとりは玄関先で倒れ、もうひとりがそれを見下ろしている。その者の右手にある刃物が目に留《と》まった瞬間、足が震え始めた。

もしあの人影がこちらに向かってきたら、すぐに見つかってしまう。私は近くにあった厨《ちゅう》房《ぼう》のドアをそっと開け、中に入った。

一瞬だったが、明かりに照らされた横顔に、見覚えがあった。

宇治田だ。

玄関で倒れていたのは宿の主人だろう。主人に家族はいないようだし、ほかの従業員は近所から通っていると言っていた。

厨房で耳を澄ましていると、足音が近づき、少しして遠ざかっていった。そっと戸を開けると、客室へ向かっていく宇治田の背中が見えた。

宇治田は、私たち全員を殺しにきたのかもしれない。

民宿の客室には鍵がついていないことを思い出した。このままでは柿崎が危ない。

私は厨房を出て、宇治田のあとを追う。本当は主人の容体をたしかめたかったが、その余裕はない。

宇治田がいちばん手前の客室に入っていく。私は急ぎ足でその客室を通り過ぎ、突き当たりにある柿崎の部屋へ入った。電気をつけると部屋の明かりが廊下に漏《も》れる可能性があるため、私は闇の中、布団《ふとん》を探した。幸い、柿崎はいびきをかいていたので、見つけるのは難しくなかった。

「柿崎さん、小泉です。起きてください」

柿崎の肩を揺する。だが、彼のいびきはなかなか止まらない。頬を何度か叩《たた》くと、ようやくいびきが治まり、柿崎がうめき声をあげた。

「すみません、小泉です。宇治田が刃物を持って乗り込んできました。早く逃げましょう」

「……ん？」

最初は寝ぼけていた柿崎だったが、少ししてから「わ、わかりました」と声を震わせた。

自分のスマホは部屋に置いたままなので、柿崎にスマホの懐中電灯機能をオンにしてもらった。柿崎は、私と同様、ジャージを着ていた。

スマホの明かりを頼りに裏庭に通じる掃き出し窓の鍵を開けた直後、部屋の戸が開く音がした。

数秒後、部屋の明かりがつき、まぶしさに目がくらみそうになった。

「ここにいたのか」

宇治田が土足で部屋に入ってきた。突き出す刃物の先端が赤く染まっている。

宇治田の登場にあわてふためいた柿崎が、布団に足を滑らせてひっくり返った。

柿崎が危ない。

「冷静になってくれ。いったん話し合わないか」

私は両者の間に立ち、宇治田を制した。

「ごちゃごちゃうるせえ！」

宇治田が血走った目で私をにらみつける。

視界の端に、柿崎が立ち上がるのが見えた。

「柿崎さん、先に外に出てください」

「は、はい！」

柿崎が裏庭に飛び出した。私も宇治田の様子を窺いつつ、外へ足を踏み出す。たちまち、全身が深夜の冷気に包まれる。石を踏んだらしく、足の裏に鋭い痛みが走った。

私が周囲に落ちている石を拾い集めていると、

「何してるんですか、早く逃げましょう！」

という、柿崎のいらだった声がした。

私たちが走り出したすぐあとで、背後から「待てよ！」という宇治田の怒声《どせい》が響いた。

裏庭は石塀《いしべい》で囲われている。宇治田が追いかけてくる中、私たちは建物をぐるりと回る。

宇治田が近づいてきたタイミングで、私は振り向き、さっき拾った石を投げつけた。

石が宇治田に当たったらしく、宇治田が顔を押さえて倒れ込むのが見えた。

私たちは民宿前の国道に出た。外灯はまばらで、人の姿はもちろん、車の音もまったく聞こえてこない。

宇治田とはまだかなり距離がある。先ほどの攻撃がそうとう効いたらしい。

「柿崎さん、大丈夫ですか」

柿崎の息が乱れている。病気のせいであまり走れないのかもしれない。このままだと、いずれ宇治田に追いつかれてしまう。ここからしばらく人家はないので、助けを求められる相手は誰もいない。

「この……さきに」

柿崎が前方を指さした。見ると、道が右に大きくカーブしている。

「ここを曲がってすぐのところに、展望台に続く道があったでしょう。そこで彼をやりすごしましょう」

私たちは展望台につながる坂道に入った。途中で道の脇にある木の背後に身を隠し、坂の下を窺う。

少しして、宇治田が走り過ぎていくのが見えた。私たちが曲がるところは見ていなかったらしい。

「柿崎さん、スマホありますよね？」

「あ、あります」

柿崎はジャージのポケットからスマホを取り出した。

「すぐに救急車と警察を呼んでください」

「え……？」

「宿の主人が倒れていたんです。たぶん、あいつに刺されたんです」

「……警察にも通報したほうがいいんですか？」

「当たり前じゃないですか！　あいつを捕まえてもらわないと！」

「で、ですよね」

柿崎はまず一一九番に電話をかけ、民宿の主人が刃物で刺されたことを告げる。

私は電話中の柿崎をうながし、ともに展望台へ向かった。宇治田から少しでも遠ざかりたかったのだ。

柿崎が続けて警察に通報し終えたころ、ようやく展望台が見えてきた。

深夜の展望台は、時間が止まっているかのようにしんと静まりかえっていた。

「大変なことになりましたね」

ベンチに座り、柿崎に言った。さすがに深夜では、眼下の景色はほとんどわからない。空には小さな半月が浮かんでいる。

一息ついた今になって、足の裏が猛烈に痛み出した。私はベンチの上であぐらをかき、ジャージの裾《すそ》で足の汚れを落とす。

「ご主人はどんな様子だったんですか？」

「遠くから見ただけですが、動く様子はありませんでした。無事かどうかはなんとも……」

あの状況ではしかたなかったとはいえ、主人を見捨てた罪悪感がこみ上げてくる。

「なんということだ」

柿崎が頭を抱えた。

「ゆうべ、私があいつを刺激したのがまずかったんでしょうか」

あらためて、夕食時の主人の話を思い出す。

宇治田はいつキレるかわからない、と言っていた。宿の主人や私と衝突したことで、蓄積されていた不満が噴出してしまったのだろうか。

宇治田に刃物を向けられたときのことをあらためて思い出し、全身が震え上がった。ほんの半日前には人生を終わらせようとしていたはずなのに、今は死ぬのが怖くてたまらない。

ただ、宇治田が起こした行動は、理解できなくもない。

私も、会社を畳んで以降、すべてをぶち壊してしまいたい、という衝動にかられたことがある。私はその衝動を入水という形で実行しかけたのだが、彼の場合、衝動を外へ向けたのではないだろうか。自分ではなく、自分以外のすべてを壊してしまいたい、と望んだのかもしれない。

突然、軽快な音が鳴り響き、私は飛び上がりそうになった。

「もしもし」

柿崎がスマホを耳に当てる。どうやら着信があったらしい。

「ご、ご主人ですか？」

柿崎が腰を浮かしかけた。「はい……はい……ああ、よかった！　あの、無理しないでください。私たちは今のところ無事ですから」

早めに通話を切り上げた柿崎に、私は「まさか今のは……」と訊いた。

「ええ、民宿のご主人ですよ！」

柿崎が言うには、どうやら傷が浅かったらしく、主人は自力で救急車と警察を呼び、さらに私たちのことが心配になって民宿から電話をかけてきたらしい。

「こうやって電話ができるのなら、思っていたほど重傷ではないのかもしれませんね」

「そうですね。本当によかったです」

私も安堵《あんど》したが、柿崎は今にも泣き出さんばかりに喜んでいた。

そのとき、坂道のほうから乾いた音がした。

最初は気のせいかと思ったが、そうではなかった。足音が、徐々にこちらに近づいてくる。

「小泉さん、この足音……」

柿崎の顔はこわばっていた。彼も私と同様、刃物を持った宇治田が坂を駆け上がってくるところを脳裏に描いているのだろう。

私は周囲を見わたす。展望台から飛び降りるのはあまりにも危険だ。生き延びるためには、刃物で襲いかかってくる宇治田の脇をすり抜けて来た道を戻るしかない。

ここが袋小路《ふくろこうじ》であることに、ようやく気がついた。

今さらながら展望台に来たことを悔やんだ。木の陰で宇治田をやりすごしたあと、すぐにでも宿に戻るべきだった。

「そこにいるのはわかってるぞ」

前方から声がした。確信に満ちた言い方だった。さっきの着信音と通話の声が、宇治田の耳に届いたのかもしれない。

私は腹をくくった。一度深呼吸して、怯える柿崎をかばうように、前に立ちはだかった。

この先の人生、新たな生きがいを見つけられるかどうかはわからない。だが、こんなことで死ぬのはどうしても我慢ならなかった。

どんな手を使ってでも、私たちは生き延びてみせる。


私が覚えているのはここまでだった。

次に私が意識を取り戻したのは、病院のベッドの上だ。私は、なぜ自分がそこにいるのかさっぱりわからなかったし、身体の自由が利かないことにも戸惑っていた。

医者が言うには、私は真夜中に国道へ飛び出し、車に轢かれたらしい。

ある程度容体が安定してから警察の人間が病室を訪れ、事故に遭うまでに何があったのか尋ねてきた。

だが、私は答えることができなかった。町を訪れて以降の記憶が、すっぽり抜け落ちていたのだ。

後日、同じ病院に入院していた宿の主人が病室を訪ねてきた。

事件の夜、二階で寝ていた宿の主人は、ガラスの割れる音で目が覚めた。主人は用心のためにモップを持ち、腹巻きにパチスロ雑誌をはさんで一階へ向かった。階段を下りた瞬間、腹部に強い衝撃が走り、主人はその場に倒れ込んだ。

雑誌のおかげで傷は浅かった。宇治田がその場を離れてから、主人は電話機まで這《は》っていき、救急車と警察を呼んだ、とのことだった。

さらに、主人は警察から聞いた話や、事件を報じる記事に書かれていたことなどを教えてくれた。

柿崎は、展望台で死んでいるのが発見された。心臓を刺された跡があり、周囲には大量の血が流れていたらしい。ただし、凶器は発見されていないようだった。

民宿の近くには宇治田の軽自動車が停まっていたが、本人の行方《ゆくえ》はわかっていない。警察は宇治田の行方を追っているらしい。

だが、主人の話を聞いても、私の記憶は戻らなかった。主人のことも、「民宿いそ」のことも思い出せなかったし、柿崎や宇治田の顔も浮かんではこなかった。

退院後、しばらく実家で静養することになり、週に数日、単発のアルバイトをする日々が続いた。

事件から半年以上が経ったころ、ようやく記憶がよみがえり始めた。それから数カ月で記憶のほとんどを取り戻すことができたが、肝心《かんじん》の、柿崎が刺されたときのことだけは思い出せなかった。柿崎が殺されるのを間近で見たことが、よほど堪《こた》えたのかもしれない。

記憶を取り戻すにつれて、柿崎の言葉が徐々に重みを増すようになった。

柿崎は、人生を諦めかけていた私を懸命に励ました。人の役に立てる仕事を日々頑張り、晩酌が何よりの楽しみという人生も悪くない、と語っていた。柿崎はもう、そのささやかな幸せを噛みしめることすらできなくなったのだ。そう気づいた瞬間、私は人生を立て直す決意を固めた。

私は柿崎と同様に、都内にある、家庭の水回りトラブルを扱う会社で働くことにした。昔とくらべて収入は下がったが、私は新しい生活に満足していた。顧客から日々感謝の言葉をもらい、夜はビールを飲みながらゆっくりテレビを観る。休日は映画を観にいったり、自宅で読書をしたりして過ごす。地味な人生は送りたくない、と若いころは思っていたものだったが、柿崎の言うとおり、おだやかな毎日の中にささやかな喜びを見つけるのも、意外と悪いものではなかった。

事件から二年後、宇治田が死んだという記事を目にした。

大阪の建設現場で働いていた宇治田は、酒を飲んだ帰りに同僚と喧嘩になり、電柱に頭を打ち、そのまま動かなくなったらしい。記事では、宇治田は、あの海辺の町で起こった殺人事件への関与が疑われている人物だと指摘されていた。

新たな人生をスタートさせてからも、失ったままの記憶のことはずっと気になっていた。あの日以来、血や刃物が苦手になった。包丁を握るのも怖くなり、自炊もろくにできずにいる。

記憶を取り戻せないのは、脳の防御機能のようなものが働いているからなのかもしれない。だとすれば、無理に思い出さないほうがいいのか、と思うようになった。記憶を取り戻すために通っていた精神科からも、次第に足が遠のいていった。

とはいえ、やはり喉《のど》の奥に小骨が刺さったような違和感が消えることはなかった。

そんなときに記憶を消すことのできる店の存在を知り、事件の記憶を消してしまおうか、ずっと迷っていた。

決断のきっかけは、婚約だった。

かねてより交際していた女性との間に、子どもを授かった。これを機に、ずっと気になっていた小骨を取り除くことに決めた。

不穏な過去は消し去り、晴れやかな気持ちで人生を前に進めたい。そう思い、私はこの店を訪ねたのだった。

*

すべてを話し終えるころには、喉が渇き、声が少しかすれていた。陽はかたむき、部屋が薄暗くなり始めている。

一方、家入の様子に変化はない。長時間にわたる小泉の話を、メモを取りながら、終始真剣な顔で聞いていた。

「たしかに、聞いた限りでは、小泉さんの推測が外れているようには思えませんね」

家入は腕を組んだ。

柿崎は宇治田に刺し殺され、小泉は宇治田から逃げている最中に車に轢かれた。これが記憶喪失中の出来事ではないか、と小泉は家入に話していた。

「くわしくお話しいただき、ありがとうございました。少しお待ちくださいね」

家入は一度席を外し、数分後に戻ってきた。

「下のお店からもらってきました」

と言って、ウーロン茶を差し出す。

小泉がウーロン茶を飲んでいる間、家入はスマホで何かを調べている様子だった。

「あ、これですね」

家入がスマホの画面を見せてくる。柿崎が殺された事件を報じた記事で、小泉も過去に読んだことがあるものだった。

「たしかに凶器は見つかっていないようですね」

家入の言うとおり、凶器は発見されていない、と記事には記されている。傷口から刃の長さや幅を推定し、包丁のようなもので刺された、と結論づけられていた。さらに、同じ町に住む無職の男性の所在がわからなくなっており、事件に関わりがあるとみて行方を追っている、という旨も記されていた。

家入はほかの記事にも目を通すと、今度は手元に目を落とし、メモを読み返していた。

不意に、家入が笑みを漏らした。

「どうかしましたか？」

「あ、いえ……小泉さん、いい趣味をお持ちですね」

「は？」

『『Ｋの昇天』ですよ。梶井基次郎は、私も祖母に勧められて読んだことがあるんです」

「おばあさんに？」

「ええ。祖母は読書家で、近代文学が特に好みなんです。いい小説ですよね。小泉さんの話に『Ｋの昇天』が出てきたときはつい興奮してしまいました」

家入が頬をゆるめる。小泉は不意に見せる彼女の笑顔に惹きつけられたが、次の一言で冷静さを取り戻した。

「それと、ご懐妊、おめでとうございます」

「え……ああ、どうも」

婚約者の顔が浮かんだ。もうすぐ結婚するというのに、ほかの女性に心を奪われてはいけない。

「お子さんができるなんてすてきですね。うらやましいです」

家入は羨望《せんぼう》のまなざしを向けてくる。

「子どもがほしいんですか？」

「私、子ども好きなんです。実は、この仕事をするまでは小学校の教員をしていたんですよ」

「そうでしたか」

人の記憶を消すという特殊な仕事と家入のたたずまいから、小泉は彼女のことをふつうの人間とはまったく違う存在のように思っていた。だが、ここにきて家入の人間らしい一面が見えてきた。彼女は教員という堅い仕事に就いていたことがあり、自分の子どもを持つことに憧れ、共通の趣味を持つ者を見つけると思わず興奮する。

小泉は、家入の顔をまじまじと見た。

この女性は、いったい何者なのだろうか？

「それで、事件のことですが……」

話を戻す家入の目に、光が宿っていることに気がついた。

「何かわかったんですか？」

「ええ。たぶん」

うなずいてから、家入はためらいがちにこちらを見た。「ひとつ確認したいことがあるのですが」

「なんでしょう？」

「小泉さん、事件のことで、まだ話していないことがあるのではないですか？」

「え……？」

家入が身を乗り出した。

「私に隠していることがありますよね？」

階段を下りてくる小泉を、カフェの男性店員が不思議そうに見つめていた。

「お疲れさまでした。ずいぶん長丁場でしたね」

「また、ここで待たせてもらってもいいですか」

「え？」

店員は一瞬戸惑ったが、すぐにさわやかな笑みを浮かべ、「もちろんです」と言った。

小泉は奥のテーブル席に腰掛けた。

コーヒーを飲んでも、動揺が治まることはなかった。いまだに心臓の鼓動は激しく、吐き気までこみ上げてきそうになる。

小泉は薄暗い部屋で、淡々とした口調で隠していた事実を言い当てる家入の姿を思い返した。

家入が指摘したのは、事件のあった深夜、小泉が民宿に侵入する宇治田の姿を見つけ、とっさに厨房に隠れたときのことだった。

「そのときに、小泉さんは厨房にある包丁を持ち出したのではないですか？」

「ど、どうしてそう思うんですか……」

「柿崎さんの部屋で、宇治田と対峙《たいじ》したときのことです」

小泉と柿崎が逃げる準備をしているところに、刃物を持った宇治田が入ってくる。驚いた柿崎が布団に足を滑らせて転倒する。小泉は柿崎の前に立ち、彼を守る。しばらく宇治田とにらみ合っている間に、柿崎が立ち上がったので、先に彼を外に出し、小泉もあとに続く。二人が逃げ出した直後、「待てよ!」という宇治田の怒声が響く。

「柿崎さんが転倒して、一対一になったその瞬間こそ、あなたに襲いかかる絶好の機会だったはずなのに、まるで力関係が互角であるかのように、均衡状態が続いていました。その後も、外に出た二人が逃げ出すまで、宇治田は何もしてきませんでした。なぜ宇治田は、すぐにでもあなたたちに襲いかかろうとしなかったのでしょうか?」

「私も刃物を持っていたから、と言いたいんですか?」

「はい。展望台で宇治田が迫ってきたときも、小泉さんは柿崎さんの前に立ちました。そのときも、刃物を持っていたから柿崎さんを守るためにそうしたのではないですか?」

「…………」

「小泉さんが侵入者に気づいてから、部屋で宇治田と向かい合うまでの間、刃物を手にするタイミングは、厨房の包丁を借りる以外にありえません。それに、ネットの記事にも、柿崎さんは包丁のようなもので刺された、とありました」

「……それは宇治田が持っていた包丁じゃないんですか?」

「宇治田は包丁を持っていたんですか?」

「い、いや……」

「あなたはずっと、『刃物』という言葉しか使っていませんでした。廊下で遭遇したときならともかく、明かりのついた柿崎さんの部屋でしばらく彼と対峙したあとなら、刃物の種類はある程度わかるはずです。それなのに、その後もあなたは一貫して『刃物』という、ぼかした言葉を使い続けていました。あなたは、宇治田が何を持っていたのかを隠そうとしていたのではないですか?」

「…………」

「これは推測ですが、宇治田はアウトドア用のナイフを持っていたのではないでしょうか。かなりのキャンプ好きとのことでしたから、専用のナイフも持っていたはずです」

家入の目をまともに見ていられなくなり、小泉は下を向いた。背中から、汗が次々と噴き出してくる。

「小泉さん、いかがでしょうか」

「はい……」

うなだれたまま口を開いた。「あなたの言うとおりです」

あの夜、手探りで厨房の明かりをつけ、たくさんあった包丁の中から護身用に一本持ち出した。柿崎の部屋に現れた宇治田は、アウトドア用と思われるナイフを握っていたので、柿崎をかばうために、彼の前に立った。

小泉が正直に話すと、家入は深くうなずいてこう言った。

「記憶喪失中の出来事がわかったかもしれません。もう一度、小泉さんの脳を探ってみたいので、しばらく下でお待ちいただけませんか？」

家入にそう言われ、小泉はふたたびカフェで待つことになったのだった。

家入は、隠しごとをしていた小泉をいっさい責めることはなかった。それどころか、包丁を持っていた事実を隠していた理由さえ、尋ねてはこなかった。

訊いてこないのは、家入はもう、小泉の考えていることをすべて見透かしているからに違いない。

家入には、宇治田が柿崎を殺し、小泉は宇治田から逃げる際中に車に轢かれた可能性が高い、と話していた。だが、それは推測というより、小泉の願望にすぎない。

本当は、自分自身が柿崎を刺したのではないか、とずっと考えていた。

宇治田が殺したのだとすれば、凶器はナイフのはずだ。だが、警察は凶器を包丁だと推定していた。だとすれば、柿崎を殺したのは包丁を持っていた小泉だと考えるのが自然だ。突然の出来事に驚いた宇治田はその場から逃げ出し、自分は凶器をどこかへ隠したあとで車に轢かれたのかもしれない。記憶を失ったのは、人を殺した事実に耐えられなかったからではないだろうか。

自身に柿崎を殺す理由があるのかどうか、それも、よりによって宇治田に襲われそうになっているときに、わざわざ自らの手で殺す理由があるのか、何度も考えた。

だが、いくら考えても、何ひとつ思いつかなかった。

一方で、自分は殺していない、と信じることもできなかった。何しろ、自分は記憶喪失者なのだ。殺害の事実のみならず、殺害に及ぶ理由までも、一緒に忘れているのかもしれない。

もしかしたら、と思い、小泉は二階を見上げる。

家入にはわかったのかもしれない。小さな矛盾から小泉が意図的に語らなかった情報に気づいたように、小泉の話の中から、柿崎を殺さなければならない事情を見抜いたのではないだろうか。

小泉は頭を抱《かか》えた。

もし本当に柿崎を殺したのが自分だったとしても、家入がその記憶を消してくれるのならそれでいい。だが、真実を知った家入が警察に告発したら、自分はおしまいだ。

彼女の店を訪ねたのは失敗だった。

記憶を消そうとした本当の理由は、自分が人殺しかもしれないという恐怖から解放されるためだった。柿崎は、病院に運ばれた妻の意識が戻るまでの間、自分が殺人者になるかもしれないことに怯えていたそうだが、小泉には彼の気持ちが痛いほどよくわかる。精神科への通院を途中でやめたのも、真実を知ることがおそろしくてたまらなくなったからだ。

今年に入り、自分に子どもができると知ったとき、喜びと同時に、殺人を犯した可能性のある自分が人の親になってもいいのだろうか、という後ろめたさに襲われた。腹の中で子どもが順調に育っているのを知るにつれ、ためらいも徐々に大きくなっていった。

このままでは子どもの誕生を祝福できない。小泉は事件の記憶を消すことを決め、家入の店にメールを送ったのだった。

「お客様」

顔を上げると、店員が心配そうな顔つきで見下ろしていた。「家入が呼んでいます……あの、大丈夫ですか？」

「はい、すみません」

小泉は、刑場に向かう死刑囚のような心境で、きしむ階段を上っていく。

先ほどまでとは違い、部屋には明かりがついていた。

「小泉さんの脳が反応しました」

席に着くなり、家入が言った。

「ということは……」

「記憶を失っている間に何があったのか、私の考えは、だいたい当たっていたということです」

小泉はその場に崩れ落ちそうになった。

「じゃあ、やはり私が柿崎さんを……」

その先を言えずにいると、家入が首を横に振った。

「やはり、そのように考えていたのですね。ご安心ください。小泉さんは、殺人を犯してはいません」

目の前がいっぺんに明るくなったような気がした。

「じゃあ、やはり柿崎さんは宇治田に殺されたんですか？」

家入はまた首を横に振った。

「柿崎さんは自殺したのです。あなたから包丁を借りて、自分で自分の胸を突き刺したんです」

「そんな馬鹿な！」

小泉は思わず立ち上がりそうになった。

「小泉さんは、これまで事件のことを何度も振り返ったことと思います。ただ、宇治田の心境に思いを馳《は》せることは、あまりなかったのではないですか？」

「どういうことですか？」

「どうしてあの夜、宇治田はあのような凶行に及んだのでしょうか」

「そりゃあ……溜め込んだ鬱屈を爆発させて、自分以外のすべてをぶち壊してやろうとしたのでは？」

「だとしたら、小さな民宿などでなく、もっと人がたくさんいる場所を選ぶと思いませんか？

言い方は悪いですが、たった三人殺しただけで、『自分以外のすべてをぶち壊した』とは思えないのではないでしょうか」

「まあ、それはそうですが……」

「私は、宇治田に明確なターゲットがいた可能性を考えてみたんです」

「ターゲット？」

「小泉さんは、宇治田に殺意を抱かれる理由は思い当たりますか？」

「さあ、民宿の前で揉めはしましたけど……」

「逆に言うとその程度ということですよね。宇治田はあなたではなく柿崎さんを殺そうとしていたんです。柿崎さんが自殺した理由もそこにあります」

「……え？」

「夕食時の、柿崎さんとの会話を思い出してください。柿崎さんは、こう言いました。今は、誰かの役に立つことがしたい。最後に人のためになることをして、この世から去っていきたい、と。柿崎さんは、自殺することで望みを叶えたんです」

「どういうことですか？」

「もし宇治田のターゲットが柿崎さんだとすれば、彼が自殺すれば、宇治田は殺人犯にならずに済みます」

「あ……」

「柿崎さんは、殴った妻の意識が戻るまでの間、自分が人殺しになってしまうかもしれないと、ひどく怯えていました。そんな彼だからこそ、自ら命を絶つことで、宇治田を守ろうとしたのではないでしょうか」

あの夜、宿の主人の無事を知ったとき、柿崎は涙を流さんばかりに喜んでいた。あれは、主人が助かったことだけではなく、宇治田が殺人を犯していなかったことにも安堵していたということなのだろうか？

だが、なぜ柿崎は宇治田をそこまで気にかけていたのだろうか？

「これから殺そうとしている相手が自ら命を絶ち、目的を失った宇治田はその場を去った。そのまま行方をくらましたのは、宿の主人を殺したと思い込んでいたからなのかもしれません。では、ひとりその場に取り残された小泉さんはどうしたのでしょうか？」

「さあ……」

「小泉さんは、このままだと自分が柿崎さんの殺害容疑で逮捕されるかもしれない、と不安になったのではないでしょうか。包丁には小泉さんの指紋はあっても、宇治田のそれはありません。柿崎さんが自分で刺した、と話しても、警察が信じるとは思えなかったのでしょう。そして何より、小泉さんは、冤罪《えんざい》だと信じている仕事仲間に有罪判決が下された経験がありますから、警察への不信感があって当然です。だから、あなたは包丁を隠すことにしたんです。土に埋めたのか海に捨てたのかはわかりませんが、とにかく隠し終えた直後に、車に轢かれたのではないかと思います」

家入の推理は理にかなっているように思えた。小泉はいまだに、警察や司法への憎しみを抱き続けているのだ。

「でも、いくら余命わずかとはいっても、赤の他人を殺人犯にさせないために自殺なんてするでしょうか？ それに、結局のところ、宇治田が柿崎さんを殺そうとした理由はなんだったんですか？」

「はっきりした根拠があるわけではありません」

そこで、家入がほほえんだ。「さっきも言いましたけど、私は本当に小泉さんをうらやましく思っているんです」

何が言いたいのかわからず、小泉は眉《まゆ》をひそめる。

「祖母から、自分の息子、つまり私の父を産んだときの話を聞いたことがあります。祖母は妊娠中、未熟な自分にちゃんと子育てができるのか、ずっと不安だったそうです。でも、生まれたばかりの赤ちゃんに触れたとたん、これまでの人生で味わったことのないほどの喜びを覚えたと言っていました。この子のためならどんなことでもできる、と力が湧いてきたそうです。その話をしているときの祖母は、心から幸せそうでした。最近は子どもを望まない人も増えていますが、私は子どもがほしい。祖母が抱いた喜びを、いずれは私も味わってみたいんです」

ようやく、小泉にも察しがついた。

「自分を犠牲にしてまで、宇治田を殺人犯にすることを防ぐ。そんなことができる存在を、私は、ひとつしか思いつきませんでした」

「親、ですか」

小泉が言うと、家入がうなずいた。

「柿崎さんの話では、離婚後、奥さんは子どもを連れて実家に帰ったとのことでしたが、その実家のある場所が、あの町だったのではないでしょうか。柿崎さんは、霧島葵ゆかりの宿に興味があったのではなくて、亡くなる前に、かつての家族に会いたかったのでしょう。柿崎さんはあなたに、滞在中は近辺をドライブしている、と話したそうですが、ドライブの本当の目的は、自分の家族を探すことだったのではないでしょうか」

夕方、民宿の前で宇治田と遭遇したときのことを思い出した。

宇治田は宿から去る前に、なぜか言い合いになった自分ではなく、そばでうろたえていただけの柿崎をすごい形相でにらんでいた。一方の柿崎も、宇治田が車に乗り込んだあとも唇を震わせ、遠ざかる軽自動車を目で追い続けていた。今思えば、二人の反応はどこかおかしかった。

きっとあのときに、宇治田は父親が自分のすぐ近くまで来ていることに気づいたのだ。そして柿崎もまた、探していた息子と再会できた。彼が震えていたのは、恐怖のせいではなかったのかもしれない。

あれは、十数年ぶりに父子が対面した瞬間だったのではないだろうか。

「でも、再会を望んでいたのは柿崎さんだけで、宇治田は父を恨んでいたのですね」

小泉が言った。

「ええ。彼も暴力を振るわれていたのか、母を苦しめた復讐《ふくしゅう》を果たそうとしたのか、それとも自分の人生がうまくいかない原因を父に求めたのか、私にはわかりません。ともかく、親子の思いはすれ違い、息子は父を殺そうとした。柿崎さんは、息子を殺人犯にしないために、自らの命を絶ったんだと思います」

柿崎の壮絶な最期を想像し、小泉は思わず唾《つば》を飲み込んだ。

「宇治田が迫ってくる中、柿崎さんは何かしらの理由を持ち出して、小泉さんから包丁を借りる。宇治田が襲いかかってくる前に、柿崎さんは自らの心臓を刺し、息絶える。想像していなかった出来事に動転した宇治田はその場から逃げ出す。取り残された小泉さんは自分に嫌疑がかかることを恐れて凶器を隠し、その直後に事故に遭う……このような光景をイメージしながら小泉さんの脳を探ったところ、無事に記憶が見つかりました」

「そうでしたか……」

「さて、小泉さん」

家入が身を乗り出した。「これで記憶喪失中の出来事は明らかになりましたが、まだその間の記憶を消したいとお望みですか？」

小泉は顎《あご》に手を当てた。たしかに、展望台で何が起こったのかが解明された以上、記憶を消す必要はもうないのかもしれない。

「今からでもキャンセルできるんですか？」

「ええ。ただ、記憶を消すことができなければ返金するつもりでしたが、お客様の都合で取りやめにする場合、返金には応じないことにしているんです。それと、私に依頼できるのは一度きりです。記憶を消すのをやめた場合でも、今後一切《いっさい》依頼を受けることはできなくなります。どうしますか？」

少し思案してから、小泉は答えた。

「消してください」

どんな真相であれ、柿崎の死を目の当たりにして強いショックを受けたのは間違いない。だからこそ記憶喪失に陥り、血や包丁に拒否反応を覚えるのだろう。

トラウマの元となった出来事の記憶を取り去ってもらえば、恐れずに包丁を握ることができるはずだ。これから始まる結婚生活で、家族のために自分が食事を作ることもできるようになる。

「承知しました。では、小泉さんはこのまままっすぐ帰宅してください。家に着くころには、喪失中の記憶だけではなく、小泉さんが今日川越を訪れた記憶自体、なくなっているはずです。この店の存在も、もう覚えていられなくなります」

「わかりました」

家入のことも思い出せなくなるのだ、と気づき、小泉は少しだけ自分の決断を後悔した。

小泉は礼を言って部屋を出た。一階に下りると、階段のすぐ近くに店員の姿があった。

「だいぶ、表情がすっきりしましたね」

彼はにっこり笑った。

外はすっかり暗くなっていた。来るときは商店街にたくさんの観光客がいたが、今はもう店は閉まり、人の姿もほとんどない。

駅に向かうまでの間、小泉はもうじき忘れることになる、失っていた記憶に思いを馳せた。

家庭内で暴力を振るっていたのだから、柿崎は、父親としては最低の部類に属する。それでも、彼が自身の命を懸《か》けて息子を守ろうとした決意だけは立派だった。当の宇治田自身がその数年後につまらない死に方をした以上、柿崎の行為に意義があったとは言えないかもしれない。だが、子を思う父の最期としては、崇高なものだったのではないだろうか。「君のためなら死ねる」という、使い古されたセリフがあるが、なかなか実行に移せるものではない。親というのはすごい生き物だ、と感嘆せずにはいられなかった。

そこで小泉ははっとした。

その、親というものに、自分ももうじきなるのだ。

昔の小泉は、将来は大きなことを成し遂げて有名になりたい、という野心を抱いていた。今の会社に就職してからは、小さな出来事に幸せを見出す、おだやかで平凡な日々を楽しんでいる。

環境は大きく変わったものの、自分のことばかり考えていたのは、今も昔も一緒だ。自分以外の人間の幸せを第一に考える生き方を、これまでしたことがなかった。

柿崎のように、息子のために自分の命を投げ出すような親になれるかどうか、自信はまったくない。だが、家入の祖母は、産まれた子どもに触れた瞬間、この子のためならどんなことでもできる、と力が湧いてきたと言っていた。だとしたら、小泉も親になることで、新しい自分と出会えるのかもしれない。

かつて、すべてを失ったと感じた瞬間があった。海の底に身体を沈め、人生の幕を閉じてしまおうと思ったこともあった。

いま、小泉は、当時の自分には想像もできなかったような可能性を前に、胸を躍らせている。もうじき小泉は、新しい命と出会い、新しい自分とも出会うことになる。どんな日々が、これから待ち受けているのだろうか。

気がつくと、足取りが軽くなっていた。

家入は、帰宅するころには記憶は消えていると言う。

そうであっても、この胸にいま、あふれそうになっている希望だけは残っていてほしい。

小泉はそう願い、家路についた。

第三話 ◆ 不思議の国の少年

「川越城の七不思議？」

陽翔《はると》が目を丸くすると、その女の人はにこりとほほえんだ。五月の暖かい風が、彼女の長い髪をわずかに揺らした。

「そう。この手の不思議な話が、全部で七つ残っているの」

彼女は案内板を見て言った。

案内板にはこう書かれている。

「昔、川越城の片すみに、霧吹《きりふき》の井戸と呼ばれる井戸がありました。いつもは井戸にふたがしてあり、敵が攻めてきて城が一大事という時にこのふたをとると、中から霧がたちこめ、たちまち城を包み隠してしまったといわれています。川越城は、こうした伝説から一名『霧隠城《きりがくれ》』とも呼ばれました」

案内板の横に、その言い伝えを再現した井戸が置かれている。この伝説には「霧吹の井戸」という名がついているらしい。

陽翔たちのすぐ背後には、川越市立博物館が立っている。博物館の真っ白な外壁が初夏の日差しを反射して、よりいっそうその白さを際立たせていた。

井戸は、博物館の敷地内に再現されていた。陽翔が案内板を読んでいたときに、彼女に「その井戸が気になるの？」と声をかけられたのだった。

「七不思議」という言葉を聞いて、陽翔は去年の夏のことを思い出した。

ともに地域の少年野球チームで汗を流す友人たちと一緒に、学校の七不思議を調べることになった。トイレの花子さん、旧校舎の亡霊、異世界とつながっている大鏡といった、学校に伝わる噂《うわさ》を収集し、実際にその場に赴《おもむ》いて、本当に不思議な出来事が起こるのか検証して、夏休みの自由研究として提出したのだ。もちろん、本当に不思議な出来事に遭遇することはなかったけれど、友達と噂話を集めたり、夜の校舎に侵入して理科室の人体模型を見にいったりした夏の記憶は、今も色濃く残っている。

「君は、このあたりの子……ではないわよね。ひとりで観光しに来たの？」

女の人が、陽翔の大きなリュックを見下ろした。

「スイーツを食べに来ました。ぼくの知っている人が、川越の商店街でスイーツのお店を出したんです」

「商店街って、蔵造りの町並みのこと？」

「蔵造り？」

「ほら、近くに瓦屋根《かわら》のお店が並んでた通りがあるでしょ？　実はね、私もお店をやってるの」

女の人は、その「瓦屋根のお店が並んでた通り」の方向を指さした。

「あ、そうです。『いもパラ』という名前です。さつまいものスイーツを売ってるお店です」

「ああ、あそこね。最近、テレビでも取り上げられたそうね。もう行ってきたの？」

「はい」

陽翔は、さつまいもブリュレという、焼きいもの上にカスタードクリームがのったスイーツを食べた。一口食べたときの、いものほのかな甘みと、カスタードの濃厚な甘みが舌の上で溶け合った瞬間の感動は忘れられない。

「このあとはどこに行くの？」

「特には決めてないんですけど、せっかくだからこのへんを見て回ろうかなって思ってたところです」

彼女はしばし思案すると、陽翔に言った。

「よかったら案内しようか？」

「え？」

「ちょうど暇つぶしに散歩していたところなの。子どものころから川越で暮らしてるから、このあたりのことならなんでも知ってるよ。どこがいいかなあ、ここからだと氷川《ひかわ》神社が近いけど、子どもなら神社仏閣よりも菓子屋横丁のほうが楽しいかな……」

陽翔がまだ何も返事をしていないのに、女の人は早くも行き先を考え始めていた。

自身の抱える事情を考慮すると、断ったほうがいいのは間違いない。いや、それ以前に、彼女は怪しい。ふつう、見ず知らずの小学生に観光案内などするものだろうか。親切なふりをして、本当は誘拐《ゆうかい》するつもりなのかもしれない。

だが、誘惑にあらがうことはできなかった。彼女に「案内しようか？」と言われた瞬間、陽翔の胸は大きく高鳴っていたのだ。

女性と二人で街を歩くなんて、デートみたいじゃないか。

しかも彼女は、まるで恋愛ドラマに出てくる女優のように、綺麗《きれい》な顔をしているのだ。

「あの……さっきの、七不思議の話が気になるんですけど」

「あ、ほんと？　じゃあ、七不思議ゆかりの場所をめぐろうか」

周囲を見わたし、博物館の前を通る道路の反対側を指さす。「まずは川越城から行こう」

川越城は近くの信号をわたったすぐ先にあった。「川越城跡」と刻まれた石碑の横を通ると、広い敷地に城が立っているのが見える。城というよりも、大きな屋敷のような建物だった。

「名前教えてくれる？」

「あ、はい。陽翔といいます」

「小学生？」

「はい。六年生です」

「どこから来たの？」

「えっと、東京です」

「東京のどこ？」

「新宿」

「へえ、新宿に住んでるんだ。学校は休みなの？」

今日は木曜日だった。

「開校記念日なんです」

「なるほどね」

つぶやいてから、女の人はにっこりと笑った。「よろしくね、陽翔くん。私は家入蘭《らん》といいます」

川越城へ向かいながら、家入さんがふたつめの七不思議のエピソード、「天神洗足《てんじんみたらし》の井水《せいすい》」の話をしてくれた。

川越城を造る際、堀の水を貯めるための水源がなかなか見つからなかった。

ある日、築城にあたっていた太田道真《おおたどうしん》、道灌《どうかん》の親子は、こんこんと湧き出る泉で足を洗っている老人に出くわした。老人がこの水の水源地を教えてくれたことで、そこから堀に水を引き、城を完成させることができた。

「そこで道真と道灌は、老人は神の化身《けしん》だったと考えて、老人が足を洗っていた場所を『天神洗足の井水』と名づけたの」

城の前まで来ると、中高年の団体客が記念写真を撮っていた。

家入さんが言うには、川越城は室町《むろまち》時代に建てられ、戦国時代は上杉《うえすぎ》氏や北条《ほうじょう》氏の支配下にあり、江戸に入ってからは川越藩の藩庁として使われていたそうだ。ただ、現在は城のほとんどが取り壊され、本丸御殿《ほんまるごてん》だけが残っているらしい。

入場料を払い、城の中に入った。

畳の部屋がいくつも並んでいて、まわりを木の板を敷きつめた廊下が囲んでいる。歩くたびにぎしぎしと音がした。城内のところどころに城の歴史を記したパネルが展示されていたので、そのたびに足を止めた。

「さっきの話に出てきた太田道灌って、たしか江戸城を建てた人ですよね？」

小さな庭を眺めながら、家入さんに訊《き》く。

「そうよ。築城の名人と呼ばれているらしいけど、もともとはこのあたりを治めていた人の家臣だったの。陽翔くん、よく知ってるね！」

「塾の先生が歴史にくわしくて、いつも入試には絶対出てこなさそうなマニアックな話ばかりしてくるんです」

「入試……そっか、中学受験するのね。大変ね。そうそう、その太田道灌の父親の、道真の話がもうひとつあるの。みっつめの七不思議ね。陽翔くん、『人身御供《ひとみごくう》』ってなんだかわかる？」

「生贄《いけにえ》ですか？」

「さすがね。このあたりは、もともと土地がやわらかくて、城を築くのにひどく苦労していたみたい。あるとき、道真の夢に神様が現れて、『朝、一番最初に出会った者を生贄にすれば城は完成する』と告げたの。でも、翌朝、最初に姿を見せたのは、自分の娘だった。道真はさすがに娘を生贄にはできなかったんだけど、娘が自らを犠牲にする決意を固めて沼に身を投げたの。そのおかげで、無事に城は完成したそうよ」

話し終えた家入さんが眉《まゆ》をひそめた。「どうしたの？」

頬《ほお》をこわばらせていたことに気づき、慌《あわ》てて首を振った。

「何でもないです。ひどい話だな、と思っただけです」

角を曲がった先に出入口が見えた。

中年の男性に先導されて、制服姿の中学生数人が中に入ってきた。どうやら修学旅行らしい。

家入さんが急に立ち止まった。城の中を見学する生徒たちをうらやましそうに見つめている。

「どうしたんですか？」

「ううん、楽しそうでいいなと思って」

家入さんが取り繕《つくろ》うような笑《え》みを浮かべた。

外に出て、正面の駐車場へ入っていく。駐車場の右手に、神社の敷地らしきものが広がっているのに気がついた。

「次は三芳野《みよしの》神社へ行きましょう。平安時代からある神社なのよ」

家入さんが言うには、このあたりには千年以上の歴史を誇る寺や神社が多く、神社仏閣めぐりを目当てに訪れる観光客も多いらしい。その中でも、縁結びの神様を祀《まつ》る川越氷川神社はとりわけ人気があり、いつも多くの若者が参拝に訪れるそうだ。

家入さんに先導され、神社の敷地に入る。

どうやら本殿の背後にある出入口だったらしく、入ってすぐ左手に社《やしろ》があった。正面に回り込むと、葉を茂らせた大きな木が本殿の背後にそびえている。五月の新緑を、太陽の日差しが鮮やかに照らしていた。

「『初雁《はつかり》の杉』といって、この神社の木にまつわる言い伝えがあるのよ」

四つめの七不思議は、北の空から飛んできた初雁が、毎年必ず、神社にある杉の木の上で三度鳴き声を上げ、木を三度ぐるりと回って南へ飛び去っていくというものだった。

「ここ、学問の神様の菅原道真《すがわらのみちざね》を祀っているの。せっかくだから合格祈願したらどう？」

「そうですね……」

そろって柏手《かしわで》を打つ。陽翔は手を合わせたまま目を閉じ、祈っているふりをした。

最後に一礼して、踵《きびす》を返した。

「こっちから外へ出ましょう」

家入さんが、両脇を巨木で縁取《ふちど》られた石畳の参道を指さした。

参道を進みながら周囲を見わたす。人の姿はほとんどなく、木々が風に揺れる音が境内《けいだい》に響きわたっていた。

「この神社はね、『通りゃんせ』発祥の地と言われているの」

「通りゃんせ、って、わらべ唄のですか？」

「そう。歌詞に『通りゃんせ通りゃんせ、ここはどこの細道じゃ、天神様の細道じゃ』ってあるでしょう？　あの『細道』というのが、きっとこの道だったんでしょうね」

「へえ……」

陽翔は「通りゃんせ」の旋律《せんりつ》を頭の中で奏《かな》でながら、木漏《こも》れ日が降りそそぐ石畳の道に目を向けた。

参道の右手に、遊具やベンチが見える。どうやら境内の一部が公園になっているらしい。

「ちょっと休まない？」

家入さんが言うので、ベンチに腰を下ろした。リュックを下ろすと、肩が一気に軽くなった。

「そんなに大きなリュックを背負ってて疲れない？」

「え……いや、平気です」

「ところで陽翔くん、昔から東京に住んでたの？」

「え？」

「陽翔くんの話し方、少しだけ方言が混じってるような気がする。福島出身の友達がいるんだけど、イントネーションがそっくりなの」

「昔、住んでたことがあるんです」

しまった、という思いが顔に出ていないことを祈りながら答えた。

「やっぱり！　福島のどこ？」

陽翔が町の名前を言うと、「ごめん、わかんないや」と家入さんが申し訳なさそうに言った。

「そりゃあ、田んぼしかないようなところですから」

「地方からいきなり新宿に引っ越してきて、面食らわなかった？」

「はい……あの、それよりも、このあとはどこに行くんですか？」

「近くに浮島稲荷《うきしまいなり》という神社があるの。歴史はあるけど、観光客もほとんど足を向けないような、小さな神社なの」

「その神社も、七不思議ゆかりの場所なんですか？」

「そう。昔、川越城が敵に攻め込まれて、姫が命からがらその神社まで逃げてきたの。周辺には沼がたくさんあって、姫はその中のひとつに落ちてしまった。葦《あし》の葉にしがみついて這《は》い上がろうとしたんだけど、葉の片側がちぎれて、姫は葉を握りしめたまま沼の底に沈んでいったの。それ以来、沼に生い茂る葦はすべて片葉《かたは》になったそうよ」

「ぞっとする話ですね……」

さっきまで身体が汗ばんでいたのに、少し背筋が寒くなってきた。

「これが『片葉の葦』という五つめの言い伝えよ。ところで陽翔くん、スイーツ食べたあと、どこに行くか決めないまま川越まで来たの？」

「まあ……そうですね。食べたらすぐ帰るつもりだったんです」

「そのわりに、ずいぶんたくさんの荷物を持ってきたのね」

家入さんが、大きなリュックを訝《いぶか》しげに見る。「あとさ、今のうちに確認しておこうと思うんだけど、帰りはどの駅まで送ればいいのかな？」

「え……いや、ひとりで行けるから大丈夫です」

「遠慮しなくていいの。ここまで何線で来たの？」

「ＪＲです」

「西武線にはしなかったの？」

「えっ？」

「西武線で西武新宿駅から本川越《ほんかわごえ》駅まで来る方が、ＪＲに乗るよりもだいぶ安いじゃない」

「えっと……」

答えられずにいると、家入さんは陽翔の顔をじっと見つめた。

「陽翔くん、私に嘘ついてない？」

「………」

「本当は今も福島に住んでるんじゃない？　福島方面からだと、ＪＲ経由で来るのが一番スムーズだからね」

陽翔は身じろぎひとつできなくなった。唯一、汗だけが、背中をゆっくりと流れ落ちていく。

「今日が開校記念日というのも怪しいなあ。学校名教えてよ。調べてみるから」

家入さんがスマホを取り出した。陽翔が何も答えられずにいると、家入さんが陽翔の顔を覗《のぞ》き込んできた。

「ほんとは休みじゃないんでしょう？」

「……はい」

「学校を休んで川越まで来ていることをご両親はちゃんと知ってるの？」

「それは……」

口ごもる陽翔を見て、家入さんは小さなため息をついた。

「もしかして……きみ、家出の最中？」

中に入ると、ひんやりしたエアコンの風が気持ちよかった。

陽翔は生まれて初めて入るスターバックスの店内をぐるりと見回した。奥が全面ガラス張りになっていて、店の中は明るかった。

家入さんと店の奥にあるテラス席に座る。周囲に広がる小さな庭には小石が敷きつめられていて、剪定《せんてい》された大小さまざまなサイズの木が伸びている。社会科の参考書で見た、京都の寺の庭園を連想した。スタバはどこもこんなふうなのか、と驚いたが、家入さん曰《いわ》くこの店舗だけが特別らしい。

「いつから家出してるの？」

コーヒーを飲みながら、家入さんが尋ねた。

「昨日の朝、お父さんたちが起き出す前に家を出てきました」

陽翔もコーヒーを飲み、思わず顔をしかめた。本当はジュースが飲みたかったけれど、家入さんに子どもだと思われたくなくて見栄《みえ》を張ったのだ。

「砂糖とミルクもらってきたら？」

「いえ、大丈夫です」

首を振り、もう一口飲む。だが、やはり苦すぎて口に合わない。

「家出してまだ二日目なのね。夜はやっぱり野宿？」

「はい。この近くの河原で寝ました。あまり寝られなかったけど」

「お金は大丈夫？　いくら持ってきてるの？」

「十五万円くらい」

「そんなに？　ずいぶん持ってるのね」

「……お父さんの財布から抜き取ってきたんです」

陽翔は下を向いた。相手が家族とはいえ、やっていることは泥棒と一緒だ。

「そっか。じゃあ、ご両親は君が事故や事件に巻き込まれたのではなくて、家出したんだって、ちゃんとわかっているかもしれないね」

「そりゃあそうですよ。家を出ていけ、って言ったのは向こうなんだから」

「そうなの？」

一昨日《おととい》の出来事を思い出したとたん、父への怒りが一気にふくれ上がってきた。

家入さんに問われ、陽翔は家出に至る経緯を話した。

陽翔は、福島の、農業がさかんな小さな町で暮らしている。近所の人たちはみな父が営む内科医院の世話になっており、人望も厚い。

ただ、陽翔自身は父のことが大の苦手だった。

父は、患者や町の人たちにはやさしく接する一方、陽翔に対しては人が変わったように厳格だった。行儀が悪かったり礼儀がなってなかったりすると厳しく叱責するし、特に学校の成績にうるさく、「ちゃんと勉強しなさい」と日頃から口酸っぱく言ってくる。テストは百点が当たり前で、少しでも低い点を取ると「たるんでるんじゃないか」と問いつめてくるのだ。

父とは衝突してばかりだった。友達が万引きで補導されたとき、ただちに縁を切るよう命じられ、反発した陽翔と言い合いになった。陽翔が地域の野球チームに入りたいと申し出たときも、父は学力が落ちると猛反対し、母が「陽翔なら野球をしながらでもしっかり勉強するはずよ。少しは信じてあげたら？」と説得してくれるまで、何日にもわたって激しく言い争った。

一昨日の夕食後、これまでで一番激しい喧嘩《けんか》をした。

陽翔は小学四年の夏から、郡山市《こおりやま》にある学習塾に通っていた。父は陽翔に偏差値の高い私立の中学校を受験させようとしていた。そして、将来は医師免許を取らせて、陽翔に医院を継がせるつもりだった。父の医院は、曾祖父《そうそふ》の代からずっと続いているのだ。

塾通いは楽しかったものの、医者になりたいと思ったことはなかった。

地域の野球チームに加入したのは五年生のときだった。

仲間たちと努力を積み重ね、勝利の喜びや敗北の悔しさをともに味わう日々を過ごすうちに、だんだん私立の学校へ進むことに抵抗を覚えるようになった。

中学生になっても野球を続けるためには、地域のチームではなく、学校の野球部に入らなければならない。別の中学へ行ったら、いまの仲間と白球を追いかけることはできなくなる。

進学してもみんなと野球がしたい、という思いが強くなっていた。

ところが、父は一昨日、九州にある全寮制の中学校を受験するよう命じてきたのだ。

本来は、県内の私立中学を受験する予定だった。だけど、どうやら陽翔の学力が父の想定を上回り始めたらしく、もっとレベルの高い学校に進むべきだと考えるようになったらしい。

陽翔は猛反発した。みんなと野球ができないというだけでもつらいのに、まったく縁のない土地へたったひとりで赴くなんて考えられなかった。

しかも、どうやら父は、勉強の邪魔になるという理由で、陽翔を部活に入れさせないつもりのようだった。このままでは、野球を続けることすらできなくなってしまう。

地元の中学でみんなと一緒に野球がやりたい、と、陽翔は初めて自分の願いを打ち明けた。

父は「ふざけるな!」とテーブルを叩《たた》いた。隣に座っていた母がびくりと身体を震わせた。

「そんな甘ったれた考えで、医者になれると思っているのか?」

「ぼくは医者になりたいなんて思ったことはないよ」

「今さらそんなわがままが通ると思ってるのか?」

「ぼくを医者にさせようとしていること自体が、お父さんのわがままじゃないか」

「なんだと?」

父の顔が真《ま》っ赤《か》になった。

過熱する言い争いに耐えかねた母の「お願いだから今日はもうこのへんにして」という一言で、陽翔たちはいったん矛《ほこ》を収めることになった。

だが、その三十分後、ふたたび父との対立が再燃した。

二階の部屋に戻った陽翔が、一階のトイレに下りてきたときに、父の言葉が居間から聞こえてきたのだ。

「口ばかり達者になりやがって……誰のおかげで大きくなったと思っているんだ」

陽翔はその場に立ち尽くした。母がたしなめるような口調で何か言い返していたが、陽翔の耳には入ってこなかった。

震える手で、居間のドアを開けた。

「ぼくは、お父さんの跡を継ぐためだけに生まれてきたの？」

父は、一瞬ばつの悪い顔をしたものの、すぐに居直って、

「親が子に仕事を継がせようとするのは何もおかしなことじゃない」

と言い放った。

「ぼくは医者になんかならない」

「陽翔、いい加減にしろ」

「どうしてもなれって言うのなら……」

言いかけて、陽翔が口ごもっていると、

「また家出でもするか？」

父が鼻で笑った。

過去にも一度、父と喧嘩して家出を試みたことがあった。だけど当然行くあてもなく、数時間も経たないうちに帰ってきてしまったのだ。

陽翔はトイレに行くのも忘れ、部屋に閉じこもった。母が慰《なぐさ》めにきてくれたけれど、全然耳に入ってこなかった。母が部屋を出たあとも、頭の中には自分を嘲笑《あざわら》う父の姿がいつまでも残っていた。

馬鹿にしやがって。ぼくを鼻で笑ったことを後悔させてやる。

今度は本気だ。

両親が寝静まったあと、陽翔は以前キャンプで使った子ども用の寝袋と数日分の着替え、それに菓子パンやクッキーをリュックに詰め、父の財布から紙幣を抜き取った。短い睡眠を取り、朝の五時に家を出て、始発電車に乗り込んだ。

「どうして川越に来ることにしたの?」

陽翔の話をじっと聞いていた家入さんが、そこで初めて口を開いた。

「それは最初に言ったとおり、『いもパラ』があるからです」

川越に行ってみようと思ったのは、昨日の朝、郡山のハンバーガー店でこの先の計画を練っていたときのことだった。

「いもパラ」の店長の実家は陽翔の自宅の近所にあって、昔からよく知っている人だった。彼は実家の工務店を継ぐはずだったのだが、それを振り切って地元を出て、川越で店を開いたと聞いていた。今年、彼の店がテレビで取り上げられたときは、町中がその話題で持ちきりとなった。今の陽翔にとって、「いもパラ」は自由の象徴のような場所だったのだ。

陽翔は駅の路線図を頼りに川越までたどり着き、しばらくさまよい歩いた末に、川沿いの公園を見つけて寝床にした。そして今日、駅の観光案内所で入手したパンフレットをもとに「いもパラ」を見つけた。陽翔と顔見知りの店長は店の奥で忙しそうにしていたため、陽翔には気づかなかった。「いもパラ」のさつまいもブリュレを食べ、市内を散策しながら今後どうするかを思案していたときに、家入さんと出会ったのだった。

「なるほどね。陽翔くんが『人身御供』の話に嫌悪感を抱いた理由がわかったよ。親のために命を犠牲にした少女を、自分と重ねたのね」

家入さんの言葉に、陽翔はこくりとうなずいた。

「君のお父さん、たしかにちょっと身勝手だね。陽翔くんが怒るのも無理ないよ」

「そうですよね」

「でも、これからどうするの？　家に帰るつもりはないの？」

「はい。帰るくらいなら、最初から家出なんてしません。お金はたくさんあるので、しばらくはなんとかなります」

「たくさん、とはいっても十五万円でしょう。せいぜい一、二カ月というところね。なくなったら、どうするの？」

「わからないけど、きっとなんとかなります」

「なんとか、って、具体的には？　子どもでも雇ってくれる店を見つけて住み込みで働く？　あるいは、宝くじを当てて、そのお金でホテル暮らしをする？」

無計画さを馬鹿にされているような気になって、陽翔はむきになって答えた。

「ぼくの境遇に同情したやさしいお姉さんの家にしばらくかくまってもらおうと思います」

すると、家入さんはぽかんとしたあとで、急に声を上げて笑い始めた。

「陽翔くん、きみ、案外面白い子だね」

しばらく笑ってから、家入さんは言った。「泊めてあげようか？」

「え、ほんとに？」

「ずっと、というわけにはいかないけど、一日くらいならね」

家入さんが答えたあとも、陽翔はまだ信じられない思いだった。

「どうしてそこまでしてくれるんですか？」

市内を案内すると言ったり泊めてくれると言ったり、やっぱり彼女は何かをたくらんでいるのではないだろうか。自分を人質にして、両親に身代金《みのしろきん》を要求するつもりかもしれない。開業医の息子と明かしたのはまずかっただろうか？

「話を聞いていたら、なんだか他人事《ひとごと》だと思えなくなってきてね」

どういうことだろう、と首をかしげていると、家入さんは「ただし」と言った。

「今すぐご両親に電話をかけて、君が無事であることを伝えてからね」

「えー」

「えー、じゃないの。君のご両親がどれだけ心配しているか、少しは想像してみたら？」

家入さんは続けて言った。「陽翔くん、スマホは持ってる？」

「持ってるけど、電源を切ってるんです」

もし警察が探している場合、電源を入れていたら居場所がわかってしまうかもしれないと思い、川越に向かう途中で電源を切ったのだ。

「じゃあ私のを使って」

家入さんがバッグからスマホを取り出した。「やらないなら、今すぐ警察に電話して、家出少年が目の前にいると教えちゃうよ」

陽翔は目の前に差し出されたスマホを見下ろし、ため息をついた。

「わかりました。でも、家に帰るつもりはないですからね」

自宅の固定電話の番号を入力し、スマホを耳元に当てた。ダイヤル音が鳴る間、これまでにないくらいの緊張に襲われた。

電話には父が出た。

「ぼくだけど」

「陽翔！」

陽翔は思わずスマホを落としそうになった。父の声が、今まで聞いたことがないくらい狼狽《ろうばい》していたのだ。

「無事なのか？　今、どこにいるんだ？」

「大丈夫。元気だよ。じゃあ切るからね」

通話を切ろうとしたとき、家入さんがスマホを奪い取った。

「もしもし、私、家入と申します」

それからしばらくの間、家入さんは声をひそめて父と通話を続けた。彼女が川越市内でカフェを開いていること、たまたま街中で陽翔と出会ったこと、今日は自宅で保護して、家出をやめるよう説得すると話していることが漏れ聞こえてきた。最後に家入さんが電話番号を伝えて、通話を終えた。

「どうして居場所を言っちゃうんですか？」

「ちゃんと私の素性を明らかにしておかないと、お父さんも信用してくれないでしょう。今夜、ご両親が来ることになったよ」

「えっ？　ちょっと待ってください、ぼくは帰るつもりはありません」

「私も無理には勧めない。でも、会いにくるくらいはいいでしょう？　君の無事を直接確認したいご両親の気持ち、理解してあげてもいいんじゃない？」

「そうですね……」

陽翔は不本意ながらもうなずいた。

「それじゃあ、さっそく私の家に行こうか」

陽翔たちは店を出ることにした。

家入さんの自宅は歩いて十分ほどのところにあるらしい。実家も市内にあるものの、今はひとり暮らしをしているそうだ。

「さっきお父さんに話してましたけど、家入さんのお店ってカフェだったんですね」

「正確には、私がカフェを開いているわけではないの。友達が経営しているカフェの二階を借りて、別の店を開いてる。勝手に店の名前を使わせてもらったから、あとで電話しておかないとね」

「本当はなんの店を開いているんですか？」

「えっ」

「ちょっと説明が難しいんだけど……なんだろう、特殊なサービス業というか」

陽翔はしばらく言葉を失った。「もしかして、その、男の人にいやらしいことを……」

「違うわよ！」

家入さんは慌てて否定した。「お客さんの困りごとを解決してあげる仕事なの。それ以上のことは、今は秘密」

「はあ……今日は休みなんですか？」

「うん。お客さんは、せいぜい一週間に二、三人しか来ないから」

「少なっ！」

陽翔は思わず声を上げた。「もっと宣伝を頑張ったほうがいいんじゃないですか？　『いもパラ』みたいに、テレビに取り上げてもらうとか」

「知る人ぞ知る店なの。地元の人ですら、店の存在を知ってる人はほとんどいないのよ」

「このままだと、お店つぶれちゃいますよ？」

「心配してくれてありがとう」

家入さんはなぜか笑っている。本気で心配しているのに、なんて失礼な人だろう。

前方に水路が見えてきた。水路に架かった橋をわたった先に、家入さんの住むマンションがあった。とても週に二、三人しか客が来ない店の主とは思えないくらい、お洒落《しゃれ》な造りだった。

「どうしたの？」

陽翔が訝しげな視線を向けると、家入さんが戸惑いがちに尋ねてきた。

「家入さん、人に言えない怪しい仕事でお金儲けをしているんじゃないですか？」

「怪しい仕事かあ。それは否定できないね」

家入さんは玄関のドアを開け、試すような口調で言った。「入らないの？」

やっぱり家入さんには裏の顔があるのではないだろうか、と不安になりながらも、陽翔は彼女の部屋に足を踏み入れた。

台所のほかに二部屋あるだけの、小さな住まいだった。ピンクのカーペットや、部屋の隅に置かれた化粧品に、大人の女性の部屋にいる実感が湧き、胸がどきどきしてきた。この家を訪れる男の人はほかにもいるのだろうか、と、おかしなことまで考える。

家入さんがお風呂を沸かしてくれた。二日ぶりに湯船に浸《つ》かると、思わずため息が漏れた。入浴剤を入れたらしく、浴室には甘い匂《にお》いが充満していた。

二十分以上湯船に浸かり、頭と身体を洗って浴室を出たころには、指先がしわしわになっていた。服を洗ってくれたらしく、脱衣所の洗濯機が音を立てている。

部屋に戻ると、家入さんはおやつを食べながら文庫本を読んでいた。

家入さんが本を閉じる。三島由紀夫《みしまゆきお》の小説だった。

「陽翔くんも食べる？」

差し出してきたのは、小さな饅頭《まんじゆう》だった。一口食べると、あんこのほかに、何か入っている。

「……さつまいも？」

饅頭の中身は、上半分があんこで、下半分が黄色だった。

「うん。あんことさつまいも」

この饅頭は、「いもパラ」には売っていなかった。

「川越はさつまいもの名産地なのよ。江戸時代に、江戸で焼きいもが流行したことがあったらしくて、江戸に売るためのさつまいもをたくさん生産したんだって。さっき通ってきた水路があるでしょ。あそこは新河岸川《しんがし》といって、東京の隅田川《すみだ》までつながっているの。だから運ぶのに便利だったみたい」

テレビで「いもパラ」が取り上げられているのを見たとき、さつまいもを主体にしたスイーツなんて変わった店を開いたものだな、と不思議に思っていたが、ようやく腑《ふ》に落ちた。

「あ、そういえば、七不思議の話が途中だったね。まだ二つ残ってた」

家入さんは、六つめとなる「遊女《よな》川の小石供養」の話を始めた。

若い侍に嫁入りしたものの、姑《しゅうとめ》にいびられたあげく実家に帰されたおよねという女が、夫と出会った小川のほとりに立ち、夫が通りかかるのを待っていた。だが、いつまで経っても会うことができず、絶望した彼女は小川に身を投じた。これを知った夫は、毎日小川へ赴き、妻の名を叫び続けた。そのうち、川底から浮かんでくる泡の音が、およねの返事に聞こえてくるようになり、夫は音のするほうへ歩み寄り、そのまま川に身を投げてしまったという。

「それを聞いて二人を哀《あわ》れに思った人たちが、小石を川に投げるようになったの。すると、まるで返事をするかのように、川底から無数の泡が浮いてきたそうよ……陽翔くん、大丈夫？　眠くなっちゃった？」

「すみません」

風呂から上がってから、急激にまぶたが重くなってきた。一昨日、昨日と、あまり眠れなかったのがいけなかったのだろう。

「少し昼寝する？」

家入さんが隣の部屋につながるふすまを開け、布団《ふとん》を敷いてくれた。寝室として使っている部屋らしく、壁際にベッドが置かれていた。

布団に横たわり、目を閉じる。川に身を投げる男の姿を想像しているうちに、陽翔の意識は遠ざかっていった。

暗い部屋で目が覚めると、カレーの匂いがした。

一瞬、ここがどこなのかわからず混乱しかけたものの、すぐに自分が家入さんの自宅に泊まることになったのを思い出した。

ふすまの隙間から光が漏れ、男女の話し声が聞こえてくる。まだ頭がぼんやりとしていたが、陽翔は起き上がってふすまを開けた。

家入さんは、男の人と一緒にカレーを食べながらお酒を飲んでいた。

「ずいぶん寝てたね」

掛け時計を見ると、夜の八時半だった。どうやら四時間近く眠っていたらしい。

「君が陽翔くん？」

家入さんと同年代の男性が白い歯を見せた。あまりにも笑顔が整いすぎているので、店員に接客されているような気分だった。

「彼が、カフェを経営している友達よ。友杉篤《ともすぎあつし》というの」

「こんばんは」

あいさつしながらひそかに得心する。接客されている気分、と思ったのは的を射《い》ていたらしい。

「店に君のご両親が来たから、ここに連れてきてあげたよ」

友杉さんが言った。

「えっ」

部屋を見わたしたものの、両親の姿はどこにもない。

「もう帰ったよ」

彼はあいかわらず作りもののような笑みを浮かべている。

「陽翔くんが眠り込んでいるのを見て安心してた。今日は近くのホテルに泊まって、明日また様子を見に来るそうよ」

家入さんの言葉を聞いて、いいようのない複雑な感情がこみ上げてきた。両親に会わずに済んで安堵しているのか、会えなかったことを残念に思っているのか、自分でもよくわからなかった。

カーテンレールに、陽翔の服が干されていた。下着もぶら下がっていたので、陽翔は慌てて洗濯物を片づける。まだ少し湿っている下着を畳む様子を、友杉さんがにやにやしながら観察していた。

陽翔は二人とテーブルを囲み、家入さんが作ったカレーを食べた。友杉さんが「一杯どう？」と何度も缶ビールを勧めてきて、そのたびに家入さんがたしなめる。

この人は家入さんの彼氏なのだろうか？

「蘭と一緒に、川越城の七不思議ゆかりの場所をめぐっていたんだって？」

陽翔が夕食を食べ終えたころ、友杉さんが訊いてきた。「蘭」と下の名前を気安く呼んでいるのが、なんだか気にくわない。

「友杉さんも、七不思議のこと知ってるんですか？」

「そりゃあ、僕も川越の出身だからね。七不思議、懐かしいね」

「あ、あとひとつ残ってたね」

家入さんが、最後の話、「城中蹄《ひづめ》の音」を語ってくれた。

川越城では、毎晩、夜中に矢の飛び交う音や蹄の音が響きわたり、眠りの妨《さまた》げになっていた。殿様が易者《えきしゃ》に占わせると、宝物庫《ほうもつこ》にある合戦の様子が描かれた屏風《びょうぶ》画が音の源だという。そこで殿様は、屏風の一部を日頃から深い関わりのあった養寿院《ようじゅいん》という寺に寄進することにした。それ以降夜中に不気味な音がすることはなくなり、みな安心して眠れるようになった。

養寿院という寺はここから歩いて五分のところにあり、屏風画は今でも寺で保管されているそうだ。

「以上、『霧吹の井戸』、『天神洗足の井水』、『人身御供』、『初雁の杉』、『片葉の葦』、『遊女川の小石供養』、『城中蹄の音』で、川越城の七不思議ね」

家入さんが指を一本ずつ折りながら言った。

「これらの話は、本当にあったことなんでしょうか？」

陽翔が訊くと、家入さんと友杉さんは、二人そろって首をひねった。

「どう思う？」

家入さんが友杉さんを見た。

「僕は単なる創作ではないと思ってるよ。少なくとも、今の話に出てきた屏風画は実際に寺にあるみたいだしね。もちろん、本当に合戦図から蹄の音がしたとは思わないけど、この物語が生まれるきっかけとなるような出来事はあったんじゃない？　たとえば、誰かがこっそり矢の音や蹄の音を鳴らしてた、とかね。養寿院の人が屏風画をほしがっていて、わざと音を立ててそれを屏風画のせいにしたのかもしれない。話に出てくる易者も寺とつながっていた可能性がある」

「お寺の人たちには聞かせられない説ね」

家入さんが苦笑いを浮かべた。

「でも、今の話みたいに、人を騙《だま》すために意図的に作り上げた不思議な話が現代に残っている可能性はありそうじゃない？　たとえば『霧吹の井戸』とか」

戦のとき、井戸の蓋《ふた》を取ると霧が噴《ふ》き出して敵から城を隠す、という言い伝えだ。

「きっと、戦の最中にたまたま霧が発生して、敵が撤退したことが実際にあったんだよ。それを利用して、川越城には霧が噴き出す井戸があるという噂を流して、敵が攻めてこないようにしたのかもしれない」

「神仏や呪いの力を信じていた昔の人たちだったら、本気にしたかもしれないわね」

「ほかの話もそうなんでしょうか？」

陽翔が訊くと、今度は家入さんが口を開いた。

「私は、七不思議の伝説が残っているのは、不幸な亡くなり方をした人を忘れてほしくない、という願いが込められているからじゃないかと思ってる」

家入さんは三つの話を例に挙げた。姫が葦の片葉を握りしめたまま沼に沈んだ「片葉の葦」、城を完成させるために少女が生贄となる「人身御供」、そして川に身を投げた妻のあとを追うように自身も入水《じゅすい》した「遊女川の小石供養」。

「これらの話がどこまで実話かはわからないけれど、似たような形で亡くなった人がそれぞれいたと思うの。死を悲しんだ人たちの、彼女たちを忘れてほしくないという願いが、こういう伝説を作り出したんじゃないのかな」

「なるほどねえ」

友杉さんが口を開いた。「そんなふうに考えたことはなかったな。僕は、理屈のつかない現実に説明をつけるために昔の人が創作した物語だと思っていたよ」

「どういうことですか？」

陽翔が尋ねる。

「たとえば、初雁が毎年決まって同じ杉の木をぐるりと回る『初雁の宿』という話だけど、これは単に雁ならではの習性があるだけで、そのことを理解できない人間が勝手に不思議な現象だと決めつけたんだと思う。蘭が今言った『片葉の葦』も、たまたまその一帯に生えた葦が片葉ばかりだったのを、当時の人がきっと何か理由があるに違いないと考えて、ちぎれた葉を握ったまま沼に沈んだ姫の物語を創作したんじゃないのかな」

あるいは、と、友杉さんはさらに続けた。

「注意喚起の意図があったのかもね。『片葉の葦』の舞台は、姫が誤って沼に落ちるくらい危険な場所だったのかもしれない。だから、『姫の恨みのせいで、沼の葦はみな片葉だ』と噂を流して、人々を怖がらせて沼地から遠ざけたんだ。『遊女川の小石供養』も一緒で、川に落ちる人が相次いだから、怖い噂を流して近寄らないようにしていたのかもしれない」

「可能性はあるわね。でも、現実的すぎて面白みがない」

「それは認める」

友杉さんが笑った。

「結局、どれが正しいんでしょうか」

陽翔が困惑気味に尋ねると、友杉さんが答えた。

「それは誰にもわからないよ。こういうのは、それぞれが考えて、自分なりの解釈を導き出すしかないんだ」

「なんだか、道徳の授業みたいですね」

陽翔は、はっきりした正解のない問題に取り組むのが苦手だった。先生はよく、「決まった答えはありません。君たちが一生懸命考えて出した答えなら、全部正解なんです」と言うけれど、そんないい加減な話があるだろうか、といつも思う。

受験勉強をしていても、算数や理科、社会のような、決まった答えのある問題を解くのは好きだけど、国語の文章読解だけは苦手だった。登場人物の気持ちを考えなさい、とか、この作品のテーマはなんですか、と訊かれても、そんなの、本当のところは誰にもわからないのではないか、と反論したくなってくる。

「この話、面白くなかった？」

家入さんが訊いてきた。

「いえ、そういうわけじゃないんです！　とても面白かったです。せっかくだから、七不思議のこと、夏休みの自由研究の題材にしようかな」

「もう夏休みのことを考えてるのね」

家入さんが感心する一方、友杉さんは冷ややかな視線を向けてくる。

「家出中に宿題のことを考えるとはね。なんだかんだ言って、結局帰るつもりなんだ」

「いや、それは……」

陽翔が口ごもっていると、終始笑みを浮かべていた友杉さんが、急に厳しい顔つきになった。

「もう帰らない、なんて啖呵《たんか》を切ってたみたいだけど、結局親の気を引いて自分のわがままを押し通そう、って腹なんだろう?」

「わ、わがまま?」

陽翔の身体がこわばる。

「そう、わがままだよ。甘やかされて育ったいいとこの坊ちゃんが駄々こねてるだけだ」

「別にいいとこじゃ……」

「たいていの大人は、財布に十五万も入れてないよ」

友杉さんは家入さんを見た。「蘭も甘いよ。この子のこと、さっさとご両親に返してやればよかったのに」

「そんなふうに言わないで。陽翔くんには陽翔くんなりの悩みがあるのよ」

家入さんがいたわるような視線を陽翔に向ける。それでも不満そうな友杉さんは、

「そろそろ帰るよ。夕飯、ごちそうさま」

と言って帰りの支度《したく》を始めた。

陽翔も立ち上がって、友杉さんが出ていくのを玄関の前で見送った。

「あの……」

部屋に戻り、陽翔は真っ先に尋ねた。「二人はつきあってるんですか？」

家入さんが噴き出した。

「そう見えた？」

「すごく仲がよさそうだったので」

「友達よ。昔から家族ぐるみのつきあいが続いているの」

陽翔は家入さんを訝しげに見つめた。ただの友達とは思えないほど、親密な雰囲気がただよっていた。交際していることを陽翔に隠しているのではないだろうか？

「さっきはごめんね。嫌な思いさせちゃったね」

「いえ、平気です」

本当は傷ついていたが、陽翔は強がって首を横に振った。

「彼は小学六年生のときに、交通事故で両親を亡くしてるの。そのあとはお父さんの兄夫婦のところに引き取られたんだけど、あまりなじめなかったみたい。だからこそ、お父さんと仲違《なかたが》いして、家出までする陽翔くんが気にくわなかったのかもね」

「そうだったんですか……」

「彼の両親も商店街でカフェを経営していたの。けっこう繁盛していたんだけど、事故のせいで店を閉めざるをえなくなった。高校を卒業してから開店のためのお金を貯めて、二年前に川越に戻ってきて、カフェを復活させたの。私もね、毎日楽しそうに店に立っている姿を見ていたら、親の遺志を継いで仕事をするのも悪くないかもしれないと思って、家業を継ぐことにしたの」

「え？　家入さんも親の仕事を継いだんですか？」

「そう。私の場合は、両親じゃなくて、祖母の仕事を継いだんだけどね。祖母は数年前に病気になって、働くのが難しくなってきたの。そのころ私は小学校の先生をしていたんだけど、祖母に頼まれて、教員を辞めて今の仕事を始めたのよ」

「どうして家入さんが継がないといけなかったんですか？　家入さんの親がやればよかったのに」

「私の親は、なんというか……祖母の才能を受け継いでいなかったから。祖母の仕事ができるのは、親族では私しかいなかったのよね」

陽翔は首をひねった。特別な才能が必要な仕事って、いったいどんなものなのだろう。

「最初は嫌だったよ。子どものころからずっと先生に憧れていたからね。でも、両親の店をもう一度繁盛《はんじょう》させようとして頑張ってる彼の姿を見ているうちに、私も少しずつ気持ちが変わってきたの。そうだ、陽翔くん、明日、彼の店に行ってみない？」

陽翔は露骨に顔をしかめた。さんざん厳しいことを言われた相手と顔を合わせるのは気まずい。

「どんな思いで両親の店を復活させたのか、直接訊いてみてほしいの。君のこれからを考えるヒントになるかもしれない」

「はあ……」

「それに、どっちみち私も明日は仕事だから、お店には行かなきゃいけないし」

そう言われてしまうと、陽翔も従わざるをえない。

「家入さんは、今の仕事に就いてよかったと思ってますか？　先生を辞めたことを後悔していないんですか？」

すると、家入さんの顔が曇《くも》った。

「このあたりを歩いていると、校外学習や修学旅行の子どもたちを引率している先生をよく見かけるの。そのたびに、祖母の跡を継がずに、先生の仕事を続けている自分の姿を想像しちゃう」

だから今日、家入さんは陽翔に声をかけてきたのか。小学生の陽翔に市内を案内してあげることで、少しの間だけでも先生気分を味わおうとしたということか。

「今の仕事、楽しくないんですか？」

「楽しくないというより、本当にお客さんの依頼に応えていいのかどうか、わからなくなることがあるの」

と言って、家入さんは視線を斜め上に向ける。「たとえば……私が、お客さんの記憶を消す仕事をしているとするじゃない」

「記憶を消す仕事……？」

「そのお店にはいろんな人が訪れて、自分の記憶の一部を消してほしいと依頼してくる。過去に人から受けた仕打ちがトラウマになっているからその記憶を消してほしいとか、内気な自分を変えたいから、その性格を決定づけた出来事の記憶を消してほしい、とかね」

「はあ……そんなやり方で本当に性格が変わるんですか？」

「変わるのよ」

まあ、しょせんたとえ話だけどね。そうつけ加えてから、家入さんは続ける。

「あるとき、かつて大きな罪を犯した人が店を訪ねてきてこう言うの。罪の意識にさいなまれ続けるのがつらいから、犯罪にまつわる記憶を全部消してほしい、とね。陽翔くん、私はこの人の依頼に応えるべきだと思う？」

「それは……」

「その人が刑期を終えたあとも、被害に遭った人やその周囲の人たちは、今も苦しみ続けているかもしれない。それなのに、加害者だけが楽になることは許されるの？　自分が犯した罪は、生涯かけて償《つぐな》い続けるべきなんじゃないのかしら」

「もしそういう人が来たら、家入さんはどうするんですか」

「依頼者の頼みには応じるよ。それが私の仕事だから」

家入さんが苦虫を噛《か》みつぶしたような表情になった。「祖母は、何が正しいのかを決めるのは依頼者自身であって、私たちではない、と言うの。依頼者はさんざん悩んだ末に記憶を消すという結論を出したのだから、私たちは彼らの決断を重んじなければいけない、とね」

「そういうものなんですか」

「とはいえ、そういう、身勝手に思えるような依頼が立て続けに舞い込んでくると、こんな仕事、この世に存在してはいけないんじゃないのかな、って気がしてくるの」

家入さんが自嘲《じちよう》気味に笑った。「ごめんね、変なたとえ話しちゃって。急にこんな話されてもよくわからないよね」

そこで話は終わった。

家入さんが夕食の後片づけを始めたので、陽翔もそれを手伝った。

それから、陽翔と家入さんはそれぞれ寝る準備に入った。陽翔の昼寝中に、家入さんは陽翔のためにパジャマを買ってきていたらしい。着替えた陽翔がパジャマ代をわたそうとしたが、家入さんは「私、意外とお金持ちなのよ」と断った。

さすがに同じ部屋で寝るのはまずい気がしたので、陽翔は寝室に敷かれたままの布団を居間に移した。

「それじゃあ、おやすみなさい」

家入さんがふすまを閉めた。

昼間にぐっすり寝たせいで、あまり眠くなかった。部屋の照明を消し、布団に横たわりながら、家入さんのことを考えた。

家入さんは、陽翔と似た境遇にいたのだ。家業を継ぐよう勧められ、悩んだ末にそのとおりにしたものの、本当にやりたかった仕事との間で揺れ動いている。

なぜ家入さんが陽翔を気にかけてくれているのか、わかったような気がした。


カーテンを開けると、昨日と同様、空は晴れわたっていた。

朝食を食べ終えたころ、両親が訪ねてきた。会うなり、母は何も言わずに陽翔を抱きしめた。

四人でテーブルを囲んだ。陽翔は、この二日間どう過ごしていたのかを、母に問われるがままに答えた。河原で野宿していたことを話すと、陽翔って意外とたくましかったのね、と笑っていた。

一方の父は、先生に叱られた子どものように、終始うつむきがちで、決まり悪そうにしていた。見かねた母に「ほら」とうながされると、ようやく父は顔を上げ、陽翔と目を合わせた。

「すまなかった」

父はテーブルに両手をつき、深く頭を下げた。「陽翔の気持ちも考えずに、ひどいことを言ってしまった。これからはお前のやりたいこともちゃんと尊重しようと思う。お願いだから、帰ってきてくれないか」

陽翔は目を疑った。いつも偉そうにしている父でも、こんなふうに、自信のなさそうな、さびしそうな顔をすることがあるのか。

もう二度と家に戻るものか、という決意が、ぐらぐらと揺れ動き始めた。いつまで意地を張っているんだ、というもうひとりの自分の声が聞こえてくる。

「お父さん、すみませんが、もう少しだけお待ちいただけますか?」

家入さんが陽翔に目をやった。「陽翔くんに会わせたい人がいるんです。きっと、彼のためになる話をしてくれるはずです」

両親は了承し、夕方にあらためて訪ねてくることになった。

十一時に、友杉さんの経営するカフェに向かった。「Memory」というのが店の名前らしい。店内は多くの客でにぎわっていた。やけに古風な内装で、陽翔は以前テレビで見た、昭和の喫茶店を思い出した。

きしむ階段を上った先にある右側が、家入さんの仕事部屋だった。

薄暗い部屋の真ん中にテーブルがあり、隅の棚には、書類のほかにカメラが置かれている。

たったそれだけの、殺風景な部屋だった。

「ここでいったいどんな仕事をしてるんですか？」

家入さんを見上げた直後、陽翔は目を見張った。

家入さんの様子が、がらりと変わっていた。これまでの親しげな雰囲気は消え失せ、神社の巫女《みこ》を思わせるような、神秘的で近寄りがたい空気を醸《かも》し出している。家入さんの大きな目が、不思議な輝きを帯びている。

陽翔が見とれていると、家入さんが口を開いた。

「十二時にお客さんが来ることになってるの。たぶん四時過ぎまでかかると思うから、それまで下で待っていてくれる？」

質問への答えではなかったけれど、陽翔は素直に言うとおりにした。

一階に下りると、友杉さんがカウンター席に座るよう勧めてきた。出された水を飲みながら、陽翔は友杉さんの姿を目で追った。

友杉さんは、実に生き生きと働いていた。つねに笑顔を絶やさず、客に呼ばれたらすぐテーブルへ向かい、店を出ようとする客に気づいたら早足でレジへ向かいてきぱきと会計する。入れ違いに入ってきた女性客が、親しげな口調で友杉さんに話しかけていた。

「どうぞ」

カウンターの反対側から、友杉さんとは別の店員が現れ、カルボナーラのパスタとオレンジジュースを陽翔の前に置いた。

「おなか空《す》いただろう？」

背後から、友杉さんが声をかけてきた。

「いいんですか？」

「もちろん」

友杉さんがうなずいた。「千四百円です」

「え」

「お金ならたくさんあるんじゃない？」

友杉さんがにやりと笑い、陽翔から遠ざかっていった。

まるで詐欺《さぎ》だと思いながらも、陽翔はジュースを飲みつつパスタを口にした。家族でよく行くファミレスのカルボナーラよりもはるかにおいしくて、あっという間に食べ終えてしまった。

手持ちぶさたになったので、スマホで時間をつぶしていると、階段のきしむ音が聞こえてきた。

家入さんと同い年くらいの若い女性が、一階に下りてくるところだった。どうやら陽翔が気づかないうちに、家入さんの店の客が二階へ上がっていたらしい。

その女性は、友杉さんにうながされて陽翔の三つ隣の席に腰を下ろした。

陽翔はスマホを見るふりをしながら、その女性の横顔を盗み見る。

女性の顔は暗かった。ほとんどの客が楽しそうに過ごしている中、彼女の真上にだけ分厚い雲でもかかっているのかと思うほど、どんよりした重たい空気がただよっていた。

突然、女性が目元を押さえた。どうやら、涙をこらえようとしているらしい。

「大丈夫ですか？」

友杉さんがカウンターごしに声をかけた。「あと数時間の辛抱ですからね」

女性が顔を上げ、今度はさびしげな笑みを浮かべた。

友杉さんと少し言葉を交わしてから、女性は店を出ていった。友杉さんはふたたび忙しそうに店内を動き回る。その合間に、陽翔のコップに水を注《つ》ぎ足してくれた。

「ようやく落ち着いたよ」

陽翔の前で友杉さんがほっと息をついたのは、午後の二時を過ぎたころだった。

「あの」

「どうしたの？　あ、お金を取ると言ったのは冗談だよ」

冗談だったのか！　と内心驚きつつも、「そうじゃなくて」と言って、ずっと友杉さんに尋ねたかったことを訊いた。

「やっぱり、ぼくはわがままを言っているだけですか？　お父さんの言うとおり、医院を継ぐべきでしょうか」

「蘭は何か言ってた？」

陽翔が、友杉さんが帰ったあとで家入さんと話した内容を告げると、彼は目を丸くした。

「そこまで打ち明けるとはね……蘭は君のことをそうとう気にかけているみたいだ」

友杉さんが、家入さんのいる二階を見上げた。「蘭がおばあさんの仕事を引き継ぐときもずいぶん悩んでいてね、相談に乗ったんだ」

「そのときはどう答えたんですか？」

陽翔は身を乗り出した。

「蘭から聞いたけど、君は『人身御供』を嫌っていたそうだね」

友杉さんは、なぜか川越城の七不思議の話を始めた。城を建てようとしている父のために、幼い娘が自ら生贄になる話だ。

「陽翔くんの境遇を考えると、君がこの物語を嫌う気持ちはわかる。僕も子どものころにこの話を聞いて、かわいそうな女の子だなと思った。だけど今は、あの女の子は不幸ではなかったのかもしれないと思ってる」

「どうして？」

「あの子は、父親のためというより、この地に住む人たちみんなのために犠牲になったと思うんだ。自分が犠牲になれば、城が完成して、この地がますます栄えることになる。そう信じたからこそ、死ぬことができた。彼女の命は、とても儚《はかな》いものだったかもしれないけれど、城と、彼女の死にまつわる物語が残っている限り、彼女は人々の心の中で生き続けることができる。彼女は、自らの死をもって、この土地の歴史の一部になったんだ。そう思ってあげれば、女の子も少しは浮かばれる気がしない？」

そういう考え方もできるのかもしれない、と、陽翔はうなずく。

「川越は、七不思議のような言い伝えが残るくらい、歴史のある土地なんだ。市内には千年以上前から存在する寺社がいくつもあるし、川越城ができてからは城下町として発展して、この商店街もそのころにできたんだ。明治時代に大火があって街のほとんどが焼け落ちたり、昭和後期には街の中心が駅前の繁華街に移って一時的に衰《おとろ》えていったりと、さまざまな困難があった。でも、この商店街を盛り上げようとして、僕の祖父や両親、ほかにも多くの地域の人が努力したからこそ、かつての町並みを維持したまま、今でもたくさんの人でにぎわっている」

「祖父……？」

「この店はね、もともと五十年以上前に僕のおじいさんが開いたんだよ。それを両親が受け継いで、一度は閉店したんだけど、二年前に僕が復活させたんだ」

そんなに歴史のある店だったのか。

陽翔が驚いていると、友杉さんは店の外に目を向けた。

「僕はね、別に、両親や祖父の遺志を継いで、もう一度店を開こうと思ったわけじゃないよ」

「そうなんですか？」

「僕は、この街が好きだ。それに気づいたのは、両親が亡くなって、親戚に引き取られたあとのことだった。親戚は、東京郊外にある、いわゆる新興住宅地の一角に住んでいたんだ。同じような家が立ち並んでいて、近くにあるのはチェーン店ばかり。なんて個性のないつまらないところなんだろう、と思ったよ。高校を出て、将来のことを考えていたときに、川越に戻って店を出そうと決めたんだ。僕が両親の店を再現して、街の人や観光客に愛されるような場所にできれば、この街の誇る、長い歴史の一部になれる。それって、少しは意味のある生き方なんじゃないかな、と思ったんだ。蘭には、そんなふうに話したよ」

「歴史の一部に……」

「ひょっとしたら、陽翔くんのお父さんも、自分が生まれ育った町への愛情が人一倍強いのかもしれないね。だからこそ、君を立派な医者にして、自分がいなくなったあとも地域の人たちの健康を守ってもらわないといけない、という使命感を抱いているんじゃないかな。その思いが強すぎるあまり、君の気持ちをないがしろにしてしまったのかもね」

高齢の女性が店に入ってきた。彼女は「いつもの、お願いね」と言って、奥のテーブル席へ向かっていく。

「今のお客さんは、僕の両親がやっていたころもよく来てくれてたんだ」

コーヒーを届けてから、友杉さんが陽翔のところに戻ってきた。そして、考え込む陽翔にほほえみかける。

「別に僕は、医院を継ぐべきだと言いたいわけじゃないよ。それは蘭も一緒のはずだ。だからこそ彼女は、おばあさんの跡を継いだことが正しかったのか悩んでいることも、包み隠さずに話したんだと思う」

「ぼくはどうすればいいと思いますか」

「君がどういう道を歩むべきかは、君にしかわからないことだ。君自身が、必死に悩んで、納得のいく答えを出すしかないんだ……おいおい、そんな顔をするなよ」

途方に暮れる陽翔を見て、友杉さんが苦笑いを浮かべた。

「納得のいく答えを出せって言われても……」

陽翔は頭をかきむしりたくなった。答えのはっきりしない問題を考えるのが、陽翔は何より苦手なのだ。

「君にしかわからない、って言いましたけど、何が正しいのかは、自分ですらわからないものなんじゃないですか？」

昨日の家入さんの話を聞いていると、そんな気がしてくる。

「たしかに、そのとおりかもしれないね」

友杉さんが認めた。「ただ、それでも結局のところ、自分の道は自分で決めるしかない。昨夜話した七不思議の解釈と一緒だよ。この世には答えのない問題がたくさんある。たとえ正解にたどり着けそうにないとしても、それぞれが自分の頭で考えて、自分なりの答えを導き出すしかないんだよ」

カウンターで考え込んでいるのにも疲れてきたので、陽翔は外を散歩することにした。

商店街は今日もたくさんの人が行き交っている。だが、陽翔は観光客の姿よりも、店で働く人たちに目を奪われていた。

この街の歴史の一部になれるのがうれしい、という友杉さんの言葉が、陽翔は忘れられなかった。そんな考え方があるとは、思いもしなかった。

陽翔は、自身の暮らす町を思い浮かべた。田んぼくらいしか誇るもののない小さな町だけど、陽翔は気に入っている。友達はたくさんいるし、近所のおじさんやおばさんたちもみんな顔見知りで、陽翔が赤ん坊のころからずっとかわいがってくれている。

陽翔は父の営む医院に思いを馳せた。

父だけでなく、祖父や曾祖父も、同じ場所で医院を開き、町の医療を支え続けてきた。友杉さんの言葉を借りると、父の医院は、紛れもなく町の歴史の一部を成している。

数十年後、同じように自分が、医師として町の人たちの健康を守るところをイメージしてみた。以前は想像もできなかったが、今は、自分の働く姿を、これまでよりは抵抗なく思い浮かべることができる。

商店街の端まで達し、信号をわたって反対側へ行き、ふたたびカフェのある方向へ引き返す。しばらくすると、鐘《かね》の音が遠くから響いてきた。時刻はちょうど午後三時。少し経つと、今度は男女の言い争うような声が聞こえてきた。

「うわっ」

角を曲がった直後、前方から走ってきた着物姿の男性とぶつかった。陽翔が尻もちをついたというのに、相手は何も言わずに走り去っていく。

むっとした陽翔は、男性が去っていったはずの方向を振り返った。

「あれ？」

ついさっき通り過ぎたばかりのはずなのに、男性の姿はもうどこにもなかった。おかしいな、と思いながら男性が走ってきた方向に目を向ける。

通りの入口に、「鐘つき通り」と表示があった。その先に、鐘が設置された大きな塔が、空を突き刺すようにそびえていた。

鐘楼に向かっていると、着物姿の女性が前方から歩いてきた。白地に桃色の花びらをちりばめた着物の人は、数時間前に家入さんのもとを訪ねてきた女性だった。彼女は、かけがえのないものを失ったような悲しげな顔つきで、陽翔の横を通り過ぎていった。

考え事に熱中しすぎたせいで、カフェに戻るのがだいぶ遅くなってしまった。

「ありがとうございました」

入口で、店に向けて深々と頭を下げる女性の姿があった。彼女が踵を返し、顔が見えた瞬間、陽翔は息を呑んだ。

そこにいたのは、鐘楼の前ですれ違った女性だった。そのときは着物姿だったが、今は普段着に戻っている。

さっきは悲しそうな顔つきだったのに、いまの彼女は、今日の青空のようなすがすがしい表情を浮かべ、颯爽《さつそう》とした足取りで去っていく。この短時間の間に何があったのだろう、と不思議に思いながら店に入ると、そこには友杉さんだけでなく、家入さんの姿もあった。

「ずいぶん長いこと散歩してたね。迷子になったのかと思ったよ」

友杉さんが茶化《ちやか》すように言う。

家入さんは依然として店の外に目を向けていた。彼女は心の底から満ち足りたような表情を浮かべている。

「どうしたんですか?」

「今日はいい仕事ができた」

店の外を向いたまま、家入さんは言った。「私なりのやり方で、人を救うことができたの」

家入さんを見ているうちに、陽翔は以前、父も今の彼女のような表情を浮かべていたのを思い出した。

家族で外食に出かけたとき、近所のおじさんに遭遇した。おじさんは「ようやく退院できたよ」と、ひとしきり父にお礼を述べたあと、陽翔にこう語りかけた。

「おじさんはな、陽翔くんのお父さんに命を救われたんだよ」

最初は、ただの体調不良かと思って父の医院を訪ねたそうだ。だが、父は身体の異変に気づき、総合病院の紹介状を書いて、精密検査をしてもらうよう指示した。大げさだと思いながらも総合病院で検査したところ、癌《がん》だったことが明らかになり、そのまま入院することになった。発見が遅れていたら、より深刻な事態に陥っていた可能性が高かったそうだ。

「たいしたことはしてませんよ」

と、父は謙遜《けんそん》していた。だけど、口調とは裏腹に、父はいつになくうれしそうだった。おじさんが店を出ていったあとも、父は満足げな顔で、彼の後ろ姿を見送っていた。

あのときの父の表情と、今の家入さんの表情はそっくりだ。

「ぼく、家に帰ります」

気がつくと、その言葉を自然と口にしていた。

家入さんと友杉さんが、同時に陽翔を見た。

「父と、もっと話をしてみようと思います」

自分の意見を伝えるだけじゃなく、父の話も聞いてみたかった。どんなことを考えながら日々の仕事に励んでいるのか、どんな思いで医院を引き継いでもらおうとしているのか、父のことをもっと知りたいと思ったのだ。

「わかった。じゃあ、ご両親にすぐ電話してあげて」

陽翔は迷った末、母に電話をかけた。父と直接話すのは、まだ少し照れくさかったのだ。

母は安堵した様子で「すぐそっちに行くね」と言って電話を切った。

「帰っちゃうのね」

家入さんがさびしそうに言った。

意外なことに、友杉さんも彼女と似たような表情を浮かべていた。陽翔と目が合うと、友杉さんは顔を伏せて言った。

「君がうらやましいよ。僕はもう、両親と思い切りぶつかり合うこともできないから」

それから、陽翔に白い歯を見せた。「また家出したくなったら来なよ」

「いろいろありがとうございました」

陽翔は二人に頭を下げた。

最後に、ずっと気になっていたことを家入さんに尋ねてみた。

「あの……結局、家入さんの本当の仕事ってなんなんですか？」

「今は、まだ、秘密」

家入さんが、口元に人差し指を当てた。「君が私の店を必要とするときがきたら、自然とわかるはずよ。本当は、そんな日は来ないほうがいいんだけど、もしそのときが来たら力になるからね」

「はい……でも、それまでにお店がつぶれなければいいけど。もっとお客さんを増やさないとダメですよ」

陽翔が言うと、隣で聞いていた友杉さんが噴き出した。

「そうね。陽翔くんのためにも、もっと働かないとね」

仕事を頑張る理由がひとつ増えた、と、うれしそうに笑う家入さんを目に焼きつけておこうと思った。

自分がこれからどんな答えを見出すのか、今は見当もつかない。だけど、どんな道を進んだとしても、今の家入さんのような表情を浮かべられるようなら、きっとその選択は正しかったといえるはずだ。

第四話 ♦ いいえ私は幻の女

ひまりは柏手《かしわで》を打ったあと、一心に手を合わせていた。ひまりの背後には、たくさんの参拝者が列をなしている。

最後に一礼し、本殿に背を向けたひまりに、私は近づいていった。

「ひまり、何を祈っていたの？」

ひまりは「川越氷川神社」と書かれた、魚の形をした桃色の張り子を手にしていた。張り子にはおみくじが挟まっている。「鯛《たい》みくじ」という、この神社独特のおみくじだった。

川越氷川神社は、縁結びの神様を祀《まつ》る、川越にある寺社の中でも特に人気のある神社だ。当然、ひまりも恋愛にまつわる願い事をしたのだろうと思ったのだが、

「そりゃあ、あかりが恵《めぐみ》さんと再会できますように、って祈ったに決まってるじゃない」

と、呆《あき》れた様子でひまりは言った。「恵さんを見つけ出すために、わざわざ富山から川越まで来たんでしょ？　私だって当然、あかりの願いが叶ってほしい、って思ってるのよ」

私は、高校卒業以来、久々に会う双子の姉をじっと見つめた。

ひまりを見ていると、私はいつも、名前の由来であるひまわりの花を連想する。太陽に向かってすくすくと伸びる夏のひまわりの姿が、頭に浮かぶのだ。

ひまりは耳にパールのピアスをつけ、丁寧《ていねい》に化粧を施し、眉《まゆ》もきちんと整えていて、私よりもはるかに華やかに見える。お洒落《しやれ》にも気を遣《つか》っているらしく、明るい色のスプリングコートも、茶色の厚底ブーツも、彼女によく似合っていた。

就職活動の日以外は化粧も眉の手入れもろくにせず、いつも量販店で買った安物の服で間に合わせている自分が、急にみすぼらしく思えてきた。

もっとも、ひまりに劣等感を覚えるのは、今に始まったことではない。

「じゃあ、行こうか！」

ひまりが元気よく言った。

高さ十五メートルはあろうかという巨大な鳥居をくぐり、私たちは神社の外に出た。ひまりの持っていた、観光客向けの市街地マップをもとに、恵さんが働いているはずの商店街へ向かう。

「ねえ、その鯛、見せてもらっていい？」

私はひまりから、鯛の張り子を受け取った。この張り子を見ていると、昔、亡き母と一緒にこの「鯛みくじ」を引いたことを思い出す。

「鯛みくじ」の先端には、輪っか状の紐《ひも》がくっついている。おみくじを選ぶ際は、専用の釣《つ》り竿《ざお》を用いて、大きなかごの中に入っているたくさんの張り子の中の一つを輪っかに引っかけて釣り上げる。当時四歳だった私は、母に抱っこしてもらって、一生懸命釣り竿を動かした。

久々に母のことを思い出し、懐かしさがこみ上げてきた。私も「鯛みくじ」を引けばよかったと悔やみながら、張り子の表面をそっとなでる。

「その鯛、そんなに気に入っているならあげようか？」

ひまりから受け取った張り子をポケットに入れようとしたが、今日は上下ともにポケットのない服を着ていることに気がついた。

「パーカーの紐にでもくくりつけておけば？」

ひまりが言うので、張り子の紐をパーカーの紐の先端に結びつけた。

「おみくじの結果はどうだったの？」

ひまりに訊《き》くと、彼女はにっこり笑って親指を立てた。

「大吉よ。恵さん、きっと見つかるよ」

地図を見ながら歩くこと十分、前方に「蔵造りの町並み」が見えてきた。

*

川越には母方の祖母が住んでいたため、幼いころに何度か来たことがあった。祖母の家に泊まりにいった際に、家族で食べ歩きをしたり、寺や神社を見て回ったりした記憶が今でもうっすらと残っている。

私が五歳のときに母が病死してからは足が遠のいていたが、今から十一年前、小学三年生の年末に、久々に祖母の家に泊まった。祖母は癌《がん》に冒されていて、余命いくばくもないことが判明したばかりだった。最後に私とひまりの顔を見せてあげたいという父の意向で、訪ねることになったのだ。

祖母宅には、親族がたくさん集まっていた。人見知りの私が黙りこくっている一方で、ひまりはいとこたちとすぐに打ち解け、叔父や叔母たちからもかわいがられていた。

祖母と対面したときもそれは一緒だった。祖母は私と話していたときは元気がなさそうだったのに、ひまりがしきりに元気づけていると次第に相好《そうごう》を崩し、「ひまりといると病気が治るような気がしてくるよ」とうれしそうに頭をなでた。

昼食を食べたあと、いとこたちの輪に入れずにいた私は、「散歩してくる」と父に告げて外へ出た。心配した父がついてこようとしたが、ひとりになりたかった私はそれを断った。父は「何かあったらおばあちゃんの家にかけるんだよ」と、自身のスマホを貸してくれた。

スマホの使い方はだいたいわかっていたので、私は地図アプリを開き、「蔵造りの町並み」へ向かった。

年末の商店街を冷たい風が吹き抜けていく。通りを歩く人たちはみな分厚いコートを身につけ、しかめっ面で寒風に耐えていた。私も寒さに震え、身を縮めながら、にぎやかな通りをたったひとりで進んでいく。

親子四人で商店街を散策し、みんなでソフトクリームや串団子を食べたときの記憶がよみがえってきた。団子をひまりが一個多く食べたことが許せなくて喧嘩《けんか》したあげく、母にきつく叱られたことを思い出していると、母が無性に恋しくなった。

母が亡くなった一年後、私がまだそのことを受け入れられずにいる中で、父は再婚を決め、相手の女性を家に連れてきた。

私たちと数時間過ごしたのち、継母《ままはは》はこう言った。

「あかりちゃんとひまりちゃんの見分け方がわかった。元気のいい子がひまりちゃんで、おとなしい子があかりちゃんね」

当時の私は、それほどおとなしかったわけではない。その日は、単に新しい母のことをすぐには受け入れられず、あまり口を開かなかっただけだ。一方、ひまりは特に抵抗がなかったらしく、継母とあっという間に打ち解けていた。

ただ、彼女の一言は、私のその後の人格形成を決定づけた。

のちに調べたところ、双子はある程度成長すると、相手と違う性格になることで自分らしさを見出そうとする傾向があるそうだ。双子は離れて暮らした方が似た性格になる、とも言われているらしい。

私の場合、継母に「おとなしい子」と言われたことが、ひまりと違う「自分らしさ」を出すきっかけとなったようだった。継母に自分のことをちゃんと認識してもらいたい、という思いもあったのかもしれない。

その日を境に、私は徐々に控えめな性格に変わっていった。家庭だけではなく、幼稚園でも、以前ほどしゃべらなくなった。

決定的だったのは、小学校に入学したときのことだ。

私たちが入学したのは、各学年一クラスしかない小さな小学校だった。

入学直後、ひとりずつ自己紹介した際、ひまりがみんなの前で「元気なのが私で、おとなしいのがあかりなので、みんな覚えてください」とあいさつしたのだ。

それ以来、授業中に手を挙げたり、自分からクラスメイトに話しかけたりするのは、「おとなしい」私には許されない気がしてできなくなった。その結果、ひまりのように友達がたくさんできることはなく、先生も私よりひまりを気に入っているように見えた。父と継母も、私よりも、ひまりと話しているときが楽しそうだった。

毎日が息苦しかった。

みんなから好かれ、日々楽しそうに過ごすひまりがうらやましくてたまらなかった。こんなの本当の自分じゃない、と思いながらも、本当じゃないはずの自分の性格が、すっかり身体《からだ》になじんでいることにも気づいていた。

祖母の家を訪ねたこの日も、あいかわらずひまりばかりが人気で、私は誰からも相手にされなかった。

私はいらない子なのではないか、という思いが頭をよぎる。みんなひまりがいれば満足なのだから、同じ顔の人間がもうひとりいたところで意味がないのではないか。

お母さんのところに行きたい。

お母さんなら私を心から愛してくれるし、私もお母さんが相手なら、昔のような振る舞いができる。

商店街を走る車に目がいく。車にはね飛ばされたら、お母さんのところへ行ける……。ろくでもないことを考えていたのに気づき、私はぞっとした。

車の通らないところを歩こうと思い、私は脇道に入った。お母さんのところへ行きたいなんて考えちゃ駄目だ、と戒《いまし》める一方で、私は以前祖母から聞いた話を思い出していた。

祖母はよく、私とひまりに昔話を聞かせてくれた。

いつだったか、祖母が「川越城の七不思議」という、川越に伝わる不思議な話をした際に、最後にこんな噂《うわさ》をつけ加えた。

「この街には、死んだはずの人が姿を見せることがあるそうなの。その人の家族や恋人が川越を訪ねてきたら、懐かしがって会いにくると言われているのよ。ひょっとしたら、この世とあの世の境目が、街のどこかにあるのかもしれないわね」

祖母の話がもし本当だったとしたら、母が私の前に来てくれるかもしれない。

直後、前方に立つカフェの入口に、白いコートを着た女性が現れた。女性は耳元に当てていたスマホをしまい、店に入ろうとしているところだった。

女性の姿には見覚えがあった。少しふくよかな体つきと、肩のところで切りそろえられた茶色の髪。白のコートも、母は冬になると毎日のように身につけていた。

母が会いにきてくれたのだ。

「お母さん……」

気づけば、私はその女性に抱きついていた。

だが、その女性は私を引き離した。

「あの……悪いけど、人違いじゃないかしら」

彼女の声は、明らかに母のものではなかった。

＊

商店街の歩道は、たくさんの人であふれ返っていた。

私たちは、端から順に店内を覗《のぞ》き、商店街のどこかで働いているはずの恵さんを探した。

もっとも、気軽に中を覗けない飲食店や、入場料が必要な施設もいくつかあったため、そういうところはとりあえず後回しにした。

その途中で私はひまりに尋ねた。

「この街には死者がやってくることがある、っておばあちゃんが話してたの覚えてる？」

ひまりは首をかしげてから、ぱっと目を見開いた。

「思い出した。そんな話してたね」

「あの話、たまに思い出すの。実際にそういう噂があるのかな？　それともおばあちゃんの作り話だったのかなあ」

「ねえ、あかり。変なこと訊くんだけど」

ひまりが私の顔を覗き込んできた。「人の記憶を消す店の話、知ってる？」

「……どこかで聞いたことがある気がする。川越にそういうお店があるんだっけ？」

「そう。この街のどこかにあるらしくて、その店では記憶の一部を消してもらうことができるんだって。トラウマになってしまった昔の出来事の記憶を消したり、性格を変えるために、その性格を決定づけた出来事の記憶を消したりできるのよ」

やはり、聞き覚えのある話だった。ひまりも知っているということは、これも祖母から教えてもらった話なのかもしれない。

「でね、どうやら記憶が消える前に、その記憶にまつわる人物が姿を見せるみたいなの」

「え？」

「記憶を脳の外に追い出すときに、その記憶が形をなして、その人の前に現れることがあるようなのよ。おばあちゃんの言っていた、家族や恋人に死者が会いにくるという噂はそこから来たんじゃない？」

「ふうん……じゃあ、もしどうしても恵さんを見つけられなかったら、私がその店に行って、恵さんのことを忘れたいとお願いすれば、記憶を失うのと引き替えにもう一度会えるってこと？」

いいアイディアかもしれない。だが、ひまりは冷静に、

「恵さんのことを忘れちゃってもいいの？」

とたしなめてくる。

「それは……」

「ひとまずもう少し探してみようよ」

ひまりは言って、目の前の雑貨店に入っていった。

その店は、扇子《せんす》や手ぬぐい、御朱印帖《ごしゅいんちょう》などの和小物を取り扱っていて、ほかにも招き猫の置物やだるまの枕など、縁起物にちなんだグッズも売られていた。

ひまりが売り場の商品を見ている間に、私はフロアにいる店員の顔を確認する。

二人いる店員はどちらも男性だった。

「ここにはいないみたい」

ひまりに声をかけ、私たちは外に出た。

商店街の端の店までやってくると、私たちは横断歩道をわたり、通りの反対側に立つ店を、来た道を戻りながら順に探し始めた。

「ひまりは、上京してから川越に来たことはあるの？」

「ない。友達と遊ぶときはだいたい都心だから、埼玉にはほとんど来ないの」

ひまりは東京の大学に通っている。

よほど大学生活が充実しているのか、ひまりは二年生の冬休みまで一度も帰省しなかった。顔を見せてほしいと父に懇願《こんがん》されて、ようやく昨年の暮れに帰ってきたのだが、そのときは私が多忙を口実に実家に行かなかった。

「そういえば、あかりは今年就活でしょ？」

ひまりの口から「就活」という言葉が発せられた瞬間、胸がずしりと重くなった。

私は現在、富山市内で一人暮らしをしながら短大に通っている。現在二年生、卒業まであとわずかだ。

「就職先決まったの？」

気軽に訊いてくるひまりが忌々《いまいま》しかった。

高校に進学したころから、私たちは会話を交わすことが少なくなった。高校を卒業し、それぞれが実家を離れてからは、電話やメールのやりとりもほとんどなく、すっかり疎遠になってしまったため、おたがいの近況をほとんど知らないのだ。

「……まだ」

私が昨年末に帰らなかったのは、ひまりと顔を合わせたくなかったからだ。

卒業まであと少しだというのに、内定をひとつももらえずに苦しんでいる中で、大学生活の様子を楽しそうに語るひまりを前にしたら、とてつもなくみじめな思いをしていたに違いない。

「大変ね。私もいずれ就活しないといけないと思うと、気が重くなるなあ」

ひまりは憂鬱《ゆううつ》そうに言うけれど、どうせ彼女はあっさり就職を決めるだろう。私と違って、子どものころから誰にでも好かれる子だったから、企業の人事担当者の心も簡単につかむことができるに決まっている。

「でもあかりならきっといい会社に入れると思うよ。昔から真面目《まじめ》だったしね」

まじめ。

「おとなしい」と並んで、ひまりがよく私に対して使う言葉だった。

でも、ひまりに「真面目」だと言われても、まったく褒《ほ》められている気がしない。その言葉の裏には、「根暗《ねくら》」とか、「面白みのない人」とか、そういった皮肉が込められているように思えてならないのだ。

もっとも、実際にひまりからそう言われたことがあるわけではない。

ひまりが私のことをどう思っているのか、よくわからない。ひまりは私を好きでいてくれるのか、それとも見下しているのか。あるいは、私のことなど何とも思っていないのだろうか。

一方、私はといえば、小学生のころからずっとひまりに嫉妬《しっと》している。持ち前の明るさのおかげでみんなから愛されているひまりが、妬《ねた》ましくてならないのだ。

「何かご用ですか？」

和菓子店で声をかけられた。奥のスタッフルームにいる店員が恵さんに似ているような気がしてじっと見つめていると、背後から五十歳ほどの女性が近寄ってきたのだ。

「当店の店員をお探しでしょうか？」

「ええと……」

どう答えるべきか、すぐには思いつかない。こんなとき、ひまりだったら機転を利かせられるのだろうが、あいにく彼女は店のトイレを借りているところだ。

「昔お世話になった方がこの商店街で働いていると聞いて、探しているところなんです」

「なんという方ですか？」

「恵さんという女性で、年齢はおそらく四十代後半だと思うのですが」

「めぐみ……そういった名前の従業員は、当店にはおりませんが」

「そうですか……ではほかの店はどうでしょうか。心当たりはありませんか？」

せっかくなので尋ねてみた。女性はしばらく腕を組んでいたが、

「思い当たらないですね」

と首を横に振る。私が肩を落としていると、女性はなぜか怪訝《けげん》そうな表情を見せた。

「あの、つかぬことを伺いますが、当店に来るのは初めてですか？」

「どうでしょう……小学生のときに家族で何度か川越に来ていたので、そのときにもしかしたら寄っているかもしれません」

「そうでしたか」

女性は首をかしげた。「どこかで見かけた気がしたものですから」

「え？」

私が思わず声を出すと、女性は慌《あわ》てて頭を下げた。

「申し訳ありません。お気になさらないでください。勘違いかもしれませんので」

女性は再度頭を下げ、店の奥に消えていった。

「お待たせ。この店はどうだった？」

ひまりが戻ってきた。

「ううん、ダメ」

「残念。じゃ、次の店に行こっか」

「ねえ、ひまり、あなた本当に、上京してから川越には来てないんだよね？」

「そうよ。さっきもそう言ったじゃない」

ひまりはきょとんとした顔で答える。

実は、見覚えのある顔だと言われたのは、これで二度目だった。

恵さんを探し始めてすぐ、まずは腹ごしらえしようとひまりが言うので、さつまいものスイーツを扱う「いもパラ」という店に寄った。

「ひょっとして双子さんですか？」

さつまいもブリュレというスイーツを頼むと、若干東北《じゃっかんとうほく》の訛《なま》りのある、若い男性店員が尋ねてきた。私が小さくうなずく横で、ひまりは「そうなんです。似てるでしょ？」と親しげに返した。

すると、その店員は私たちをまじまじと見つめた。

「どうかしましたか？」

ひまりが訊いた。

「いえ……どこかでお会いしたような気がしたものですから」

「何それ、ナンパですか？」

ひまりが笑うと、男性は「お客様にそんなことしませんよ！」と顔を赤くしたのだった。

豆菓子店、ベーカリー、衣料品店と順にめぐる間、私はずっと考え込んでいた。

同じ商店街で働く二人の人間が、私たちの顔に見覚えがあると言ったのは、単なる偶然とは思えない。きっと彼らは、仕事中に私とひまりのどちらかと会ったことがあるのだ。

私は、この十一年間、一度も川越を訪れていないから、彼らと会ったのはひまりだ。ひまりは過去にこの商店街を訪れて、店員たちの印象に残るような何かをしたのだ。

だとしたら、なぜひまりは、上京してから川越には来ていないと嘘をつくのだろう。

そもそも、なぜひまりは、恵さんを探すのを手伝ってくれるのだろうか。私とひまりは、ここ数年、まともに会話すらしていなかったのに。

ひまりは、私に何かを隠しているのかもしれない。

隣を歩くひまりに視線を向ける。顔の作りが一緒で、遺伝子もほとんど同じはずなのに、私には彼女が何を考えているのかさっぱりわからなかった。

*

抱きついた相手が母ではないことに気づき、私は慌てて女性から離れた。

「ああ、びっくりした。私、そんなにあなたのお母さんに似てるの?」

戸惑い気味に笑う彼女の頬《ほお》にえくぼができている。そんなところも母にそっくりだった。

「お母さん、お店にいるのかしらね?」

女性がカフェの中を指さした。

「いいえ、お母さんは……」

カフェどころか、もうこの世にいないのだ。祖母の話を信じた自分が馬鹿みたいだった。死んだ人がふたたび姿を見せることなど、あるはずもないのに。

不意に涙がこぼれ落ちてきた。勢いはとどまるところを知らず、気づけば私は路上で盛大に泣きじゃくっていた。

「どうしたの？　大丈夫？」

女性は私の背中をさすり、ハンカチを差し出した。

私が落ち着くのを待ってから、女性は、

「とりあえず、寒いから中入らない？」

と、カフェに入るよううながした。

子どもながらに、ずいぶん古めかしい雰囲気の店だな、と感じた。女性は通話のために一時的に外に出ていたらしく、壁際のテーブル席に彼女の荷物が置いてあった。

「あなた、お名前は？」

「藤原《ふじわら》あかりです」

彼女は恵と名乗った。この近くの商店街で仕事をしているらしい。

「あかりちゃん、何飲みたい？　お金のことは心配しなくていいからね」

恵さんは店員を呼び、オレンジジュースとコーヒーを頼んだ。

「あかりちゃん。お母さんのことだけど、もしかしてもう……」

「何年も前に死んじゃいました」

「そうだったのね」

恵さんはいたわるような表情を浮かべた。「今日はひとり？」

「はい。お母さんのことを考えていたら、目の前にそっくりな人がいたので、つい……ごめんなさい」

「いいのよ」

と答える恵さんは、少しうれしそうだった。

店員が飲み物を持ってきた。「いただきます」と、コップに口をつける。

店は多くの客でにぎわっていて、その中でもカウンターに座る女性はひときわ声が大きかった。どうやら常連客らしく、「篤くんも来年は六年生だっけ？　時間が経つのは早いわねぇ」と店員と話すのが聞こえてきた。

「あかりちゃんの家はどのあたりなの？」

「富山です。今日はおばあちゃんの家に家族で泊まりに来たんです」

「そうだったのね。あかりちゃんは何年生？　学校では今どんなことを勉強してるの？」

恵さんは学校生活や家族のこと、亡くなった母のことなど、さまざまなことを矢継《やつ》ぎ早《ばや》に尋ねてきた。

恵さんは、まるで自分の娘の話に耳をかたむけるかのように、熱心に聞いていた。私が勉強の甲斐あって苦手な理科のテストで初めて百点を取った話をすると、父や継母以上に褒めてくれたし、母を亡くしたときのことを語ると、私の手を取り、「つらかったわね」と目を潤ませながら言った。

不思議と私も、本物の母を前にしたかのように、肩の力を抜いて話していた。恵さんならどんな話でも受け止めてくれる、という安心感が芽生え、気がつけば私は誰にも話したことのない、自身の性格にまつわる悩みまで打ち明けていた。みんな、明るくて愛嬌《あいきょう》のある、双子の姉のひまりのことが好きなのだから、何の取り柄もなく、誰にも好かれない自分は生きている意味がないのではないかと思っている、と。

恵さんは、まるで自分が傷つけられたかのように顔をゆがめた。

「何言ってるのよ。あかりちゃんにも、いいところがあるのに」

「私にいいところなんてあるんですか？」

「当たり前じゃない。たとえばあかりちゃんは、まだ三年生なのに、受け答えはしっかりしてるし、言葉遣いも丁寧だから、私ずっと感心してたのよ」

「え……」

思いもよらない言葉だった。私はてっきり、こういう堅苦しいふるまいのせいでみんなから好かれないと思っていたのだ。

「それに、さっき、あかりちゃんがお母さんみたいに倒れそうになったときの話をしてくれたでしょ」

母は外出中に心筋梗塞《しんきんこうそく》で急死した。

私は、母が死んだ理由をちゃんと知りたいと思い、父に心筋梗塞のことを教えてもらったことがあった。

心筋梗塞は、血管がふさがれて心臓に血液が送られなくなり、心臓にある細胞が死んでしまう病気らしい。父が説明の際に参照したネット記事によると、発症時は胸の激痛に襲われるらしく、「火箸《ひばし》で刺されたような痛み」を味わうと書かれていた。

聞いているうちに、手が震え始めた。

心臓に血液が届かなくなる様子や、母がとてつもない痛みにもだえ苦しんでいるところを思い浮かべたら、私の胸まで苦しくなって、まともに息ができず、のどを掻《か》きむしりながら床にうずくまってしまった。

父は救急車を呼ぼうとしたが、発作は一時的なもので、すぐに苦しさはなくなった。

「お母さんの苦しみを想像して、あかりまで苦しくなっちゃったんだね」

父は私の頭をなでた。あとでこの話を知ったひまりは、「要するに気のせい、ってことなの？　馬鹿みたい」と呆れていた。

「あかりちゃんは、他人の痛みをわがことのように感じて、一緒に苦しむことができる人なのよ。こんなやさしい心の持ち主が、人に好かれないわけがない」

恵さんが、慈《いつく》しむような視線を私に向ける。まじまじと見つめられ、照れた私は下を向いた。

「私にも子どもがいたの。女の子だったんだけど、六年前に死んじゃった。生きていたらあなたと同い年ね」

そのとき私は九歳だったから、恵さんの子どもは三歳で亡くなったことになる。

「自分は生きていなくてもいいんじゃないか、なんて悲しいことを考えるのはもうやめて」

「…………」

「あなたのやさしさは、いずれ必ず誰かを救うことになる。あなたを必要とする人、あなたを好きになる人がいつか必ず現れるはずよ」

「本当に、私なんかを好きになる人がいるんですか……？」

「とりあえず、ここにひとり」

恵さんは自分の顔を指さした。「私は、娘がまだ生きていたとしたら、あかりちゃんみたいな素敵な女の子に育ってほしいなあ、と思ってるよ。正直、このままあなたをさらってしまいたいくらいなの」

恵さんが冗談めかして言った。

素敵な女の子、なんて言われたのは初めてのことだった。彼女からもらった言葉を噛《か》みしめているうちに、胸の底がじわじわと温かくなっていくのを感じた。

父から持たされたスマホに電話がかかってきた。祖母の家からで、電話に出ると父の声がした。帰りが遅いのを心配してかけてきたようだ。私は「そろそろ帰るよ」と言って電話を切った。

「ねえ、ふたりで写真を撮らない？」

恵さんがバッグから一眼レフカメラを取り出し、店員に撮影を頼んだ。ふだんは写真を撮られるのが苦手だったけれど、このときだけは自然と笑《え》みを浮かべることができた。

恵さんとは、喫茶店の前で別れた。

別れ際、恵さんは言った。

「私はもう二度と、『お母さん』と呼ばれることはないと思ってた。だから、『お母さん』と呼ばれたとき、うれしかったよ。人違いだったとしてもね」

*

「蔵造りの町並み」を回り終えた私たちは、続いてすぐ近くにある、菓子屋横丁という商店街に足を向けた。

全長二百メートルほどのこぢんまりとした商店街だった。車一台分程度の幅しかない石畳《いしだたみ》の通りの両脇に、駄菓子店や、団子や飴細工《あめざいく》を売る店などが立ち並び、昭和の雰囲気を色濃く残している。昔、この通りにあった駄菓子店でひまりと大量のお菓子をねだって、母に呆れられたことを思い出す。

お菓子の甘い香りを味わいながら一店舗ずつ見て回ったが、この通りにも恵さんの姿はなかった。

「ダメかあ」

私はため息をつく。

「諦めるのはまだ早いよ。恵さんは、どの商店街で働いてるかまでは話してなかったんでしょ？」

「そうだったと思う」

恵さんは、カフェ近くの商店街で仕事をしていると言っていた。

恵さんと入ったカフェは、「蔵造りの町並み」の途中にある細い道を入ってすぐのところにあった。だから、「蔵造りの町並み」か、そのすぐ近くにある菓子屋横丁で働いている人なのかもしれない、と考えたのだ。

「もうひとつ、可能性のある商店街があるよ」

ひまりは市街地マップを開き、「蔵造りの町並み」のすぐ右下にある通りを指さした。

「大正《たいしょう》浪漫《ろまん》夢通り？」

初めて聞く名前だった。家族で行ったことはなかったはずだ。

そこに向かう途中で、恵さんと出会ったカフェにも寄ってみた。だが、すでに店はなく、今は抹茶《まっちゃ》をベースにしたスイーツ店に変わっていた。

大正浪漫夢通りの入口には、「川越商工会議所」と書かれた大きな建物がそびえていた。二階建てにしてはかなりの高さがある建物の周囲に、太い柱が等間隔に並んでいて、まるで古代の神殿のような、荘厳《そうごん》な雰囲気があった。

私たちは石畳の敷かれた通りに入って、恵さんを探した。

「大正」と名がついているとおり、通りにはレトロな雰囲気のただよう建物もいくつかあるものの、現代の建築物も混じっているため、「蔵造りの町並み」ほどの統一感はない。

それでもときおり、歴史の重みを感じる建物に出くわした。

「シマノコーヒー大正館」という喫茶店の中を覗いた私は、立ち去る前に、二階建ての店舗を見上げた。白い石造り風の外観で、二階には縦長の窓が三枚並び、その間に西洋風の柱が配置されていた。

「実際に大正時代に建築された建物が、けっこう残ってるみたいだよ」

ひまりが言った。川越に来るにあたって、事前に下調べをしていたらしい。

結局、ここでも恵さんを見つけることはできなかった。

「ちょっと休まない？　足が痛くなってきちゃった」

ひまりが言った。私も疲れていたので、近くの古民家風カフェに入ることにした。

「見つかりそうにないね」

コーヒーを飲みながら、私は大きなため息をついた。

たった一度話をしただけだったが、恵さんの存在は私の心にずっと残り続けていた。日々、ひまりと比較して自尊心を損《そこ》ない続けてきた私にとって、恵さんの言葉は心の支えになった。

とはいえ、つい最近まで、恵さんに会いに行こうとまでは思っていなかった。

恵さんに会いたいと願うようになったきっかけは、就職活動だった。

短大の同級生たちは続々と就職を決めていき、年が明けても職を見つけられずにいるのは私くらいだった。企業から不採用の通知が届くたびに、自分の存在価値が否定されていく気がした。

さらに失恋が追い打ちをかけた。

友人の仲介で、以前から思いを寄せていた男性と食事をする機会にめぐまれた。私は楽しい時間を過ごせたと思っていたのだが、その日以来、彼は露骨に私を避けるようになった。楽しい、と思っていたのは私だけだったらしく、彼は友人に「藤原さん、暗いんだよな」と漏《も》らしていたそうだ。

翌日、私は予定していた企業の面接をキャンセルした。

それからは、就活どころか外出すらろくにできなくなった。家に引きこもり、こたつの中で無為に時が過ぎていくのを待つ日々が続いた。この世のあらゆるものから見放されたような思いを味わっている中で私がすがりついたのは、今までの人生で誰よりも私を肯定してくれた女性だった。

恵さんに会いたい。

恵さんなら、きっと今でも、私を素敵な子だと言ってくれる。

ただ、私は彼女の連絡先を知らない。手がかりは、恵さんという名前に、十一年前の顔と、商店街で働いているという事実の三つ。

店のSNSに片っ端からアクセスして、従業員が写った写真に恵さんがいないか探したこともあったが、見つけることはできなかった。そして今日、ひまりとともに商店街をしらみつぶしに探し回ったが、やはり恵さんを見つけ出すのは至難《しなん》の業《わざ》だった。

「私たち、ずいぶん無謀なことしてるよね。よほど運に恵まれてでもいない限り、見つけることはできない気がする」

もう彼女は仕事を辞めているかもしれないし、今日は休みなのかもしれない。客の目が届かないところで働いていることもあり得るし、本当はすでに目が合っていたにもかかわらず、容《よう》貌《ぼう》が大きく変わっているために気づけなかった可能性だってある。

恵さんを切実に求めていたとはいえ、どうしてこんなにも低い確率に賭《か》けることにしたのか、自分でもわからなくなってくる。

「まあ、あかりはどちらかというと運の悪いほうだしね」

ひまりが苦笑いを浮かべた。

「ねえ、どうしてひまりは手伝ってくれるの？」

ずっと不思議だった。長いこと疎遠だったのに、なぜ協力することにしたのだろうか。

「どうして、って……あかりを手伝うのに、理由なんているの？」

首をかしげてから、不意にひまりは「そういえば」と声を上げた。

「どうしたの？」

「今日ね、商店街で、あかりなんかよりもはるかに運の悪い人を見かけたの。クレープ店の前に、柄《がら》の悪い男がいたのよ。何が気にくわなかったのか知らないけど、おじさんを一方的に怒《ど》鳴《な》りつけていて、終《しま》いには殴りかかりそうになっていたのを、別のおじさんが間に入って仲裁しようとしてたの。そのあとで警官が二人駆けつけたんだけど、取り押さえられたのは仲裁に入ったおじさんのほうだった」

「え？　どうして？」

「その人も人相悪かったからね。経緯を知らなければ、どっちが問題を起こした人なのか、わからなくても無理ないよ」

ひまりは笑っているが、私には面白い話とは思えなかった。助けに入ったのに自分が悪者扱いされたら、私だったらしばらく引きずるに違いない。

「あかりがその場にいなくてよかったよ。あなたがいたら、後先考えずに助けようとしてただろうからね」

「えっ……？　ひまりは見ていただけなの？」

「当たり前じゃない。私には関係ないことなんだから」

ひまりが面倒くさそうに言う。

私は、ふだんは引っ込み思案のくせに、困っている人を放っておけないところがあった。たしかに私がその場にいたら、たとえ相手が怖い人でも、何かせずにはいられなかったかもしれない。

人に親切にすると、当然感謝されることもあるけれど、そうはならないケースも少なくなかった。

中学生のころ、いじめられている同級生をかばったら、私まで目をつけられて、二人そろってひどい目に遭ったことがある。翌年、クラス替えでその子はひまりと同じクラスになり、彼女と仲よくなったとたんにいじめは終わった。

今思い返しても無力感に襲われる。

結局、私なんかが手をさしのべるよりも、ひまりと友達になるだけであっさり解決するのだ。

コーヒーを飲み干し、私はもう一度、深いため息をついた。

きっと、一日じゅう歩き回ったとしても、恵さんを見つけることなどできない。

ふとひまりが、記憶を消す店のことを話していたのを思い出す。ひまりには止められたけれど、その店で、恵さんを忘れたい、と頼むことを検討したほうがいいのではないか。

……いや、それよりも、もっといい方法がある。

ひまりは、その店では自身の性格も変えられると言っていた。だとすれば、たとえば私が継母に「おとなしい子」と指摘された記憶を消してもらえば、それより前の、明るかったころの私に戻れるのではないだろうか？

「ねえ、ひまり。さっき話してた記憶を消す店のことだけど、もっとくわしいことを教えてくれない？」

「え？　いや、あのとき話した以上のことは知らないよ」

ひまりが答える。ネットで調べてみようと思い、スマホを探している間に、

「そんなことより、このあとどうする？」

と、ひまりが口を開いた。「主要な通りは回ったけど、脇道に立ってるお店もたくさんあるから、今度はそこを巡ってみる？　あるいは、中を覗けなかった店や施設に行ってみようか？」

ひまりにはいろいろプランがあるようだったが、恵さんを見つけるのをなかば諦めかけていた私は、すぐには探しにいく気になれなかった。

代わりに、私から提案をした。

「あのね……」

私は、近くのラックに置かれた、観光客向けのチラシを一枚手に取った。「ここ、行ってみない？」

川越市立美術館のチラシだった。現在、「川越の風景画展」という特別展を開催しているらしく、チラシには時の鐘を描いた水彩画が掲載されていた。

以前父から聞いたのだが、母は、亡くなる数カ月前に、自身の好きな画家の作品が川越市立美術館の常設展に展示されていることに気づいたそうだ。母は「実家の近くにあったなんて盲点だった」と嘆き、次の帰省時に鑑賞しにいくのを楽しみにしていたのだが、その直前に亡くなってしまった。その画家の作品がまだ展示されているかどうかはわからないが、母の代わりにその作品を見届けたい、と以前から思っていたのだ。

私の思いを話すと、ひまりは、

「恵さんのことはもういいの？」

と訊いてきた。

「いったん気分転換したいなと思ってね」

ひまりは時間を気にしているのか、険しい表情で腕時計を見つめていたが、「ま、あかりがそう言うのなら」と同意した。

「あれ？」

私はひまりの左手首を見つめた。「ひまりの腕時計、私のと一緒じゃない？」

私は自分の腕時計をひまりに見せる。

「あ」

ひまりは慌てて左腕を隠した。

短大への進学を決めたとき、父からお祝いに買ってもらった腕時計だった。ひまりはあのとき、スマホを買ってもらったはずだ。

「……実は自分で同じのを買ったんだ」

「そうなの？」

「あかりのもらった時計、かわいくていいな、って思ったから。お父さんにどこで買ったのか訊いて、バイト代で買ったの。おそろいだね」

私はぽかんと口を開けてひまりを見つめた。私がひまりをうらやむことはこれまで何度もあったけれど、プレゼントされたものとはいえ、彼女が私をうらやましいと思うことがあるとは夢にも思わなかった。

「そろそろ出よっか」

ひまりが伝票を持って立ち上がった。「ここは私が出すから外で待っててくれる？」

「え、また？　ちゃんと割り勘にしようよ」

さつまいもブリュレを買ったときも、私が財布を探すのに手間取っていると、ひまりが先に二人分の代金を払ってくれたのだった。

「気にしないで。ここに来るまでけっこう交通費かかってるでしょ？」

「……じゃあ、お言葉に甘えて」

先に店を出て、ひまりを待つ。

「お待たせ」

ひまりが出てきた。私たちは地図を見ながら、住宅街の中を通って美術館へ向かう。

「ちょっと遠回りしてもいい？　せっかくだから寄りたいところがあるの」

ひまりが言った。

「どこに行きたいの？」

「三芳野神社、って知ってる？」

私は首を横に振る。家族で行ったことはないはずだ。地図を見ると、たしかに美術館の近くにあるようだ。

「『通りゃんせ』って知ってるでしょ？　この神社、あのわらべ唄の歌詞が生まれた場所らしいの。せっかく川越に来たんだし、どんなところか行ってみたいなと思ってね」

ひまりが言った。

住宅街を通り抜けた先に、石造りの鳥居が見えてきた。

境内は静かだった。石畳の長い参道を進み、社《やしろ》の前に立つ。

いつの間にかひまりの手のひらには五円玉が二枚載っていて、一枚を私にくれた。どうやらお賽銭《さいせん》まで、私には払わせないつもりらしい。

手を合わせ、恵さんが見つかりますように、と祈ったあとで、境内の脇にある大きな石碑の前へ向かった。石碑には、「わらべ唄発祥の所」と彫られている。

さらに、「川越城七不思議」と彫られた石碑も立っていた。石碑の手前に設置されている木製の案内板には「一、霧吹の井戸」、「二、初雁の杉」などの七つの項目と、それぞれの詳細なエピソードが載っている。

「七不思議とか、通りゃんせの由来になった神社とか、ずいぶんいろんな歴史が残ってるのね」

ひまりが言った。

「そうなんです」

背後から声がした。

振り向くと、さっきまで近くのベンチでパンを食べていた若い男性が、さわやかな笑みを浮かべてこちらに近づいてきた。

「川越は、古くから栄えた街なんです。市内には古墳がいくつも残っているし、この神社や氷川神社のように、平安時代に創建された寺社もたくさんあります。武士の世になると川越城が建てられて戦国大名の拠点になったし、江戸になると城下町として栄えて、現在では三十万人以上の人が暮らしています。古代から現代にいたるまで、絶えず人間の営みがあった街なんです」

「川越に古墳があるんですか？」

人なつこそうにひまりが訊いた。

「実はあるんですよ」

川越駅から少し離れたところに、山王塚《さんのうづか》古墳という、国の史跡にもなっている大きな古墳があるそうだ。

「私、古墳は関西にしかないと思ってました」

私もまったく同じ感想を持った。そしてもうひとつ、気がついたことがあった。

「川越は、あらゆる時代の記憶を今に残し続けている街なんですね」

私が口を開くと、男性が興味深そうにこちらを見た。

古墳があり、古代に創建された寺社があり、中世に建てられた城もある。さらに、大通りには江戸の風情を思わせる商店街が並び、そのすぐ近くには大正時代の建築物が今も立っている商店街と、昭和の趣《おもむき》が残る商店街がある。この街には、古墳時代から江戸、大正、昭和と、この国の、ほとんどの時代の記憶が凝縮されているのだ。

「たしかにそのとおりですね」

男性は、感心した様子でうなずいた。「でも、ただ単に、昔のものを大切にしているだけではないんです。商店街にはつねに最新の流行を取り入れた店が出店するし、そのまわりにある使われなくなった建物も、すぐには取り壊さずに、改装して新たに店を開くことも多いんです。ここはね、あらゆる時代の記憶を土台にしながら、つねに新しく生まれ変わろうとしている街なんですよ」

男性は誇らしげに言った。

「あなたも、このあたりに住んでいるんですか?」

私は男性に訊いた。

「ええ。僕は、商店街でカフェを経営しているんです。今は休憩中で……あ、そろそろ戻らなきゃ」

男性が腕時計を見た。この人に恵さんのことを訊いてみよう、と思っていると、彼は急に眉をひそめた。

「あれ? あなたたちとはどこかでお会いしたような……」

まただ。

私は「どこで会ったか覚えていませんか?」と訊こうとしたが、私たちを見くらべていた男性は急に口元に手を当て、

「す、すみません、今のは忘れてください」

と頭を下げ、そそくさと去っていった。

「今の、なんだったんだろう」

ひまりに言う。

「さあ、わかんない」

ひまりは首をかしげる。だが、彼女の頬がわずかに引きつっているのを、私は見逃さなかった。

「ひまり、ほんとに見当がつかない？」

「わかんないって言ってるでしょ」

声を荒らげるひまりを見ながら、やっぱり彼女は何かを隠している、と私は思った。

社の裏手にある出入口から神社の外に出ると、目の前には川越城本丸御殿が立っていた。敷地内には二十人近くの団体客がいて、城の前で集合写真を撮っている。

「そういえば、写真を撮らなくていいの？」

私はひまりに訊いた。

初めてスマホを買ってもらった中学生のころから、ひまりはあらゆるものをカメラに収める習慣があった。観光地ではひたすら風景を撮り、友達と遊ぶときも自分たちの姿を写真に収めて、そのほとんどをSNSにアップしていた。昔は私も彼女のアカウントをフォローしていたけれど、高校生になり、恋人とのツーショット写真ばかりになってからは見るのをやめた。

「ああ……今日は別にいいよ。遊びに来たわけじゃないしね」

団体客の写真撮影が終わり、カメラマンが近くのベンチに座ってカメラをしまい始めた。

私は思わず立ち止まり、そのカメラマンをじっと見つめた。

「どうしたの？」

「恵さんと別れる前に、二人で写真を撮ったの」

カフェを出る前に、恵さんが一緒に写真を撮ろうと言って、彼女の持っていた一眼レフで一枚撮ったのだ。

「恵さん、どうしてあのとき一眼レフを持っていたんだろう。仕事で毎日商店街に来てるんだから、今さら撮りたいものがあるとも思えないし……」

「仕事終わりに、どこかに遊びに行くつもりだったんじゃない？　カメラはそのときに使う予定だったのよ」

「どうなんだろう……そもそも恵さん、あの日は仕事だったのかな？」

「仕事の休憩時間だったんじゃないの？」

「だとしたら、ふつうはコーヒーだけじゃなくて何か食べると思わない？」

私が外に出たのは昼食のあとだから、カフェに入ったのは二時ごろだったはずだ。その時間に休憩を取ったのであれば、昼食もそのタイミングで取るのが自然ではないだろうか。

「そういえばそうね。じゃあ、あの日は休みだったのかな？」

そのとき自分の手にした美術館のチラシを見て、ハッとした。

「……もしかしたら私、ずっと勘違いしていたのかもしれない」

「え？」

「商店街で仕事をしていると言っていたのは、職場が商店街にあるんじゃなくて、仕事で川越の商店街を訪れていた、という意味だったんじゃない？　その仕事のためにカメラが必要だった」

「じゃあ、恵さんはカメラマンだったってこと？　あるいは川越に取材に来たライターとか？」

「かもね。もしくは……」

私が言い出す前に、ひまりが「まさか」と声を発した。

ひまりは、私がずっと手に持っていた、川越市立美術館のチラシを見つめている。現在行われている特別展、「川越の風景画展」のチラシだ。どうやら彼女は、私と同じことを考えているらしい。

恵さんは川越の絵を描くために写真を撮りに来ていた、という可能性はないだろうか？

川越城の敷地を通り抜け、信号をわたった先に、美術館と川越市立博物館が並んで立っている。博物館の敷地内にある、井戸を模《も》したモニュメントを横目に見つつ、私たちは美術館に入っていった。

「大人二人です」

ひまりが千円札を係員に差し出す。私にはいっさいお金を払わせない意志を感じた。

階段を下りて、特別展の会場へ向かった。

入口で係員にチケットをわたすと、係員はなぜか私たちをまじまじと見くらべていた。そんなに双子がめずらしいのだろうか、と首をかしげながら、私たちは会場に入った。

最初のフロアには、さまざまな画家による、川越の町並みや自然を描いた作品が展示されていた。一作品ずつ画家の名をチェックし、次のフロアに入った瞬間、私たちの足は止まった。

その展示室のタイトルはこうだった。

「榊原《さかきばら》恵の描く川越」

「めぐみ……」

私たちは同時につぶやいた。

プロフィールを掲示したパネルに載っている画家の顔写真を目にした瞬間、懐かしさで胸がいっぱいになった。

柔和なほほえみと、右の頬にできたえくぼ。記憶の中の彼女より若干年を取っているものの、この人は間違いなく私が探し求めていた女性だ。

「お母さんに似てるよね」

「ほんとね」

ひまりも同意する。私につられたのか、彼女も感極まっているようだった。

プロフィールによると、恵さんは現在四十六歳。美大を卒業後すぐ結婚し、それからは主婦業の傍《かたわ》ら作品を描き続けているそうだ。

フロアには、恵さんの手による、川越の街を描いた作品が並んでいる。その中には時の鐘を描いた作品もあった。手元の美術館のチラシに目を落とすと、思ったとおり、チラシの背景に描かれていたのと同じ絵だった。

絵の横には、作品のタイトルとともに、絵が完成した年も書かれており、その大半は十年前になっていた。やはりあの日、恵さんは絵の題材探しのために、カメラ片手に商店街を訪れていたのだ。

絵画作品をじっくり鑑賞したことはこれまでほとんどなかったけれど、ほかの画家の作品群とは明らかにレベルが違うのがわかる。彼女のやわらかな筆遣いからは、街で生きる人たちの息遣いとぬくもりが感じられた。恵さんが、自身の描く風景を愛しているのが伝わってくる。

展示の終盤になると、人物画も何枚か飾られていた。

川越で出会った人たちを描いているらしく、作品には「和菓子店の女将《おかみ》」や、「スイーツ店の青年」といったタイトルがついていた。いずれも、ここ数年の間に描いた作品のようだ。

そして私は、この二枚の絵に描かれた人物の顔に見覚えがあった。

二人は、商店街で恵さんを探す私たちに、以前どこかで会ったことがないかと尋ねてきた人たちだ。

私がこれらの絵に目を奪われていると、

「嘘でしょ？」

先を行くひまりが声を震わせているのが聞こえてきた。

ひまりは、二枚の絵を前にしていた。

一枚は、椅子に腰掛けた少女がおだやかにほほえむ姿だった。もう一枚は、構図や背景はまったく同じで、最初の絵の少女がそのまま成長したかのような、若い女性が描かれていた。どちらの絵も、女性の持つ心根の温かさが伝わってきて、見ているこちらの胸までじわりと温かくなるような作品だった。どの作品もよかったけれど、この二作はそれらにもまして素敵な絵だ。

「あなた、まさかまだ気づいてないの？」

ひまりに言われ、直後、大声を上げそうになるのをすんでのところでこらえた。

絵の女性は、私とひまりにそっくりだった。

「気づくの遅すぎない？」

「だ、だって、まさか自分がモデルになってるなんて思うわけないじゃない」

一枚目のタイトルは、「喫茶店の少女」、十年前の作品だった。

二枚目は「喫茶店の少女　十年後」で、こちらはつい最近描かれた作品らしい。なぜ恵さんは、今の私の姿を絵にすることができたのだろうか？

「ひまり、あなた恵さんと会ったことあるの？」

「まさか！　今の姿を想像しながら描いたんじゃないの？」

嘘をついているようには見えないけれど、素直に信じることはできなかった。それくらい、この絵は今の私に似ていた。

スイーツ店と和菓子店の二人が、私のことをどこかで見かけた気がすると言った理由がわかった。彼らは自身を描いた作品を観るためにこの美術館を訪れていて、その際に私をモデルにした絵も鑑賞したのではないだろうか。三芳野神社で出会った男性の絵はここにはなさそうだけれど、きっと彼もこの展覧会に来たことがあったのだろう。

何枚もの作品が並んでいるにもかかわらず、彼らは私をモデルにした絵のことをちゃんと覚えていた。それだけ、この作品には、人の心に訴える魅力があるのかもしれない。

ひまりが、スマホで何かを調べている。

「どうしたの？」

私は画面を覗き込んだ。

ひまりはインターネットの記事を読んでいた。「榊原」とあるので、どうやら恵さんのインタビュー記事がネットに掲載されていたらしい。

「これ見て」

ひまりが画面を上にスクロールさせた。

恵さんは、人物画を描き始めた理由を語っていた。

「もともと、人の生き生きした一瞬を絵にするのが好きだったんですけど、娘を亡くしてからは人間を描く気が起きませんでした。でも、取材中に、ある女の子と出会ったんです。彼女は心根のやさしい、とてもいい子なのに、自分は何の取り柄もない人間なんじゃないか、と思い詰めていました。あなたはとっても素敵な子だよ、と絵を通して伝えたくなって描いたのが『喫茶店の少女』です。この絵のおかげで、また人間を描こうと思えたんです。モデルの子とはもう会うこともないでしょうけど、もしどこかで彼女が私の絵を見つけて、『私ってこんなに素敵な人だったんだ』と気づいてくれたら、こんなに幸せなことはありません」

そこから先の記事は、視界がにじんで読むことができなかった。

十一年前に一度会っただけの人を探すなんて、あまりにも無謀な試みだと思っていた。

でも、恵さんと出会う代わりに、私は自分自身と出会うことができた。

川越に来て、本当によかった。

感動に打ち震えていたせいで、違和感に気づくのにかなり遅れてしまった。

「ひまり、そのスマホ、私のだよね？」

いつの間に私のスマホを持ち出したのだろう。

「今さらなんなのよ……」

ひまりは私と目も合わせずに吐き捨てる。どうやら私にではなく、この記事に対して言っているようだ。

「外で話をしよう。もう時間がないから」

ひまりが言った。

「時間？」

「いいから早く」

私たちは美術館を出て、駐車場の隅で足を止めた。まわりに人の姿はない。

「これは私のスマホなの。その証拠に、ほら」

ひまりは指紋認証の画面を開き、自身の親指を当てる。するとロックが解除され、ホーム画面が表示された。

「あかりはスマホなんて最初から持っていなかったのよ」

「え？」

「スマホだけじゃなくて、財布も持ってないんじゃない？　だってあなた、手ぶらだし、服にはポケットもないでしょ？」

言われてみれば、いつも持ち歩いているバッグがない。

私が手にしているのは、美術館のチラシだけ。バッグがないためにずっとチラシを持っていなければならなかったことに、今になって気がついた。

「どうしてもっと早く教えてくれなかったのよ！　私、どこに置き忘れてきたんだろう」

「バッグは最初から持ってなかったよ」

「そんなわけないじゃない。財布もスマホもなしで、どうやって川越まで来たというのよ」

「それは私が訊きたい。あなた、川越まで、どうやって来たの？」

「どうやって、って、そりゃあ……」

私は口ごもった。

三時間ほど前、氷川神社でひまりが手を合わせているのを待っていたときよりも前のことが、何ひとつ思い出せない。それどころか、昨日のことも、一昨日のこともまったく覚えていないのだ。ひまりと一緒に川越に来たのだから、当然、事前に恵さんのことを彼女に相談しているはずなのに、その記憶もない。

「氷川神社以前の記憶がないんでしょ？」

ひまりがずばりと言い当てる。

「どうしてわかるの？　ひまり、あなたいったい……」

「私はひまりじゃない」

彼女は首を横に振った。「私があかりなの」

彼女はバッグから財布を取り出した。私が使っている財布とまったく同じだ。さらに彼女は、「藤原あかり」と書かれた健康保険証を見せてきた。

「そして、あなたもあかりよ。暗くて、地味で、真面目なことだけが取り柄のつまらない女。いくら就活しても内定はひとつももらえず、好きな男性にも振り向いてもらえない、生きていても何の価値もない女よ」

だからね、と、彼女は私の目を見た。「私はあなたを消すことにした。そのために、川越に来たのよ」

「……さっきから何を言ってるの？」

「記憶を消す店の話、あなたにしたでしょ？　トラウマになっている過去の出来事にまつわる記憶を消したり、性格を変えるために、性格の形成に関わる記憶を消してもらえたりするお店よ。私はさっきそのお店に行ってきたの。今のお母さんに『おとなしい子があかりちゃんね』と言われた記憶だけじゃなくて、学校でひまりに『おとなしいほうがあかりです』と言われた記憶、ほかにもこの性格のせいで起こったあらゆる出来事の記憶を消すことにしたの。そうすれば私は、今のお母さんに『おとなしい子』と言われる前の、ひまりのように明るかったころの自分になれる」

「あかり」が言うには、今は店の人が記憶を消すための作業をしているところだそうだ。

「これから新しい人生を無事に歩めるように、神頼みをしようと思って氷川神社に行ったら、突然あなたが現れた。最初は当然ひまりがいると思ったけど、あなたが私を『ひまり』と呼んだのと、あなたの服装を見て、これは自分だって確信した。なんらかの理由で、これから消そうとしている記憶が形を成して、私の前に姿を見せたんだ、と思ったの。昔おばあちゃんが話していた、死んだ人がこの街に現れるという言い伝えも、記憶を消す店の影響だったのかもしれないね」

彼女はうんざりした表情で私を見つめた。「客観的に見てよくわかったけど、私ってほんとに暗いのね」

「本当に、あなたもあかりなの……？　私には、あなたがひまりにしか見えない」

すると、「あかり」は満足そうにほほえんだ。

「せっかくあなたが勘違いしているみたいだから、このままひまりを演じてみることにしたの。もしあなたがずっと私をひまりだと信じ続けていれば、記憶を消したあとの私もきっとうまくやれると思った。だって、私はずっとひまりのようになりたかったんだから」

そのとおりだ。私はずっと、ひまりに憧れていた。

「あなたは自分がなぜここにいるのかわかっていない様子だったから、とっさに恵さんの名前を出したの。恵さんを探しにきたことにすれば、あなたは納得するかもしれないと思った。違和感を抱かせないために、財布やスマホやバッグがないことに気づかないように先まわりもした。腕時計を見られたのは失敗だったけど、あとはおおむねうまくいったみたいね。あなた、今の今まで私をひまりだと信じてたようだから」

「同じ顔の人が目の前にいたらひまりだと思うに決まってるじゃない……」

毎日ひまりと顔を合わせていたら、また違った結果になったのかもしれない。だが、実際には、私たちは高校を卒業して以来、一度も会っていないのだ。

「それに、いかにもひまりが好みそうなものばかり身につけてるし」

「ひまりのようになろうと決めたときに全部買い換えたのよ。ひまりは、そんなダサい服は着ないはずだからね」

「あかり」が、さげすむような目つきで私の全身に目を走らせる。私はとたんに恥ずかしくなり、どこかに身を隠したい思いにかられた。

「本当の私はね、今さら恵さんに会いたいとは思ってなかったの。そもそも、恵さんと出会った記憶も消すつもりだったんだから」

「そんな……」

「三芳野神社で会った男の人、覚えてる？　記憶を消す店の一階がカフェになっているんだけど、たしかあの人はそこの店員さんよ。中に入って最初に声をかけたのがあの人だったの。きっと会話の途中で、私の顔を思い出したんだろうね。そのあとで急に焦り始めたのは、あなたが現実の人間ではないことを察したからなのかもしれない」

「あかり」が腕時計に目を落とした。「そろそろ店に戻らなきゃ。最後にもう一度私の意思を確認して、記憶を完全に消すことになってるの。そのときには、あなたも消えてなくなるはずよ」

突然そんなことを言われても、理解が追いつかない。

私が、消える……？

「あなたは本当にそれでいいの？　後悔しないの？」

私は「あかり」に訊く。

「お店の人にも同じことを訊かれたよ。大量の記憶を消すことになるから、日常生活や人間関係に支障をきたす可能性があると、何度も忠告された」

「どう答えたの？」

「一応、絶対に忘れてはいけないことを手帳に書き残してはいるけれど、やっぱり私も不安だった。めちゃくちゃ悩んだよ。でも、結局、どんな手を使ってでも自分を変えたいという気持ちは揺るがなかった。そう答えたら、お店の人も理解してくれた。あなたが真剣に悩んで出した結論なら、私もあなたのお役に立ちたいです、って言ってくれたよ」

「でも、あなたは私を騙《だま》し切れたのよ。別に記憶を消さなくても、これからもふだんの生活でひまりのようにふるまい続ければいいじゃない」

「無理よ。ひまりを演じてると、すごく疲れるの。今日みたいなふるまいを毎日続けたら、絶対にボロが出る」

「あなた、恵さんの絵を観て何も感じなかったの？　あなたは素敵な子なんだと伝えたくてこの絵を描いた、って言ってたじゃない。それなのに、あなたはまだ自分を否定するの？」

「寝ぼけたこと言わないでよ！」

「あかり」が目をつり上げた。「たしかに、記憶を消そうと思い始めるまでは、本気で恵さんに会いにいこうと考えたこともあった。今のあなたは、そのころの私なのかもしれない。でもね、そのあとで考え直したの。だって、あの人の言ってたこと、全部嘘だったじゃない。『あなたを好きになる人がいつか必ず現れる』って言ってたけど、そんな人、現れそうな気配すらないじゃないの。他人の心の痛みがわかるやさしい人だと言ってくれたけど、ただやさしいだけの人を採用する企業はないし、愛してくれる男性もいないの。ひまりみたいになれなければ、誰かに好かれることすらないのよ！」

感情を露《あら》わにする「あかり」を前に、私は言葉を失った。何も言えずに立ち尽くす私に、「あかり」が背を向ける。

「さようなら、あかり。私、生まれ変わるから」

目もくれずに彼女は去っていった。


「あらゆる時代の記憶を今に残し続けている街」

三芳野神社で男性と話していたときに、私は川越という地をそう表現した。

そのことを思い出し、私はひとり、乾いた笑い声を上げた。過去の記憶を大切にする街に、人の記憶を消す店があるとは、なんという皮肉だろうか。

「あかり」と別れた私は、時間になるまで、あてもなく通りを散策した。

これから自分がたどる運命を、ぼんやりと理解し始めていた。

まもなく私は、この世からいなくなる。暗くて、地味で、真面目だけが取り柄のつまらない女は消え去り、新しい「藤原あかり」が誕生するのだ。

川沿いの道に出た瞬間、私は息を吞んだ。

細い川の両脇に、桜が咲き誇っていた。

土手では菜の花が一面に咲いている。満開の桜と、かわいらしい菜の花が、川に沿ってどこまでも続いている。

すでに春を迎えていたことに、今になって気がついた。

最近の記憶として頭に残っているのは、二月下旬、部屋にこもって鬱々《うつうつ》としながら恵さんとのやりとりを思い返していたときのことだ。「あかり」が過去の自分を捨て去ろうと考え始めたのは、そのあとだったのかもしれない。自分に絶望して、生まれ変わろうと決めたのだろう。

でも……。

恵さんは「あかり」のことを、他人の痛みをわがことのように感じられるやさしい子だと言ってくれた。ひまりにはない、自分ならではのよさがちゃんとある、自分が存在する意味はちゃんとあるのだと言ってくれた。

その美点を捨て、ひまりの複製のような人間になってしまったら、それこそ「あかり」という人間が存在する意味はなくなるのではないだろうか。少なくとも恵さんは、生まれ変わった「あかり」の姿を描きたいとは思わないような気がする。

通りには多くの人の姿があり、桜にスマホを向けていた。

前方に古びた橋が見える。夫婦とおぼしき中年の男女が、桜を見上げながらゆっくり歩いていた。

すると、女性のほうが私に声をかけた。

「あら？　またお目にかかりましたね」

彼女は顔をほころばせた。

「え？」

「ほら、午前中に、商店街で私たちを助けてくれたじゃないですか」

助けた？　なんのこと？

「ええと、それ、私じゃないです。もしかしたら……姉かもしれません」

女性は眉をひそめながら私の全身に目を走らせ、服装が違うことに気づいたのか、「あ」と声を上げた。

「すみません、失礼しました」

「あの！」

私は女性を呼び止めた。「何があったのか、聞かせてもらえませんか？」

女性は夫と目を合わせた。

「私たち、息子と三人で福島から旅行に来たんです。クレープを買ったときに、この人がつまらないことで店員さんと揉《も》めてしまいまして」

女性が夫を横目で見ると、彼は不愉快そうに口をへの字に曲げる。プライドの高そうな人だった。

「ほかのお客さんから文句を言われて、夫が言い返したら、相手を怒らせてしまったんです。柄の悪い若者で、いきなり夫の胸ぐらをつかんできたものですから、私と息子はすっかり震え上がってしまいましたし、まわりにいた人たちも助けてくれませんでした。いよいよ夫が殴られそうになったときに必死に止めようとしてくれたのが、あなたのお姉さんだったんです」

「姉が止めに入ったんですか？」

「ええ……それなのに、若者はあなたのお姉さんを突き飛ばして、今度はお姉さんにひどい言葉を吐いたんです」

そこから先は、「あかり」から聞いた話とだいたい一緒だった。

今度は中年男性が間に入ってきて、若者を諌《いさ》めようとした。少ししてから警官が二人駆けつけてきたのだが、そのときちょうど仲裁しようとした男性が怒鳴っていたところだったので、警官は誤って彼を拘束した。夫婦が警官に説明して誤解を解いている間に、若者はその場から逃げてしまったそうだ。そして、「あかり」もいつの間にか姿を消していたらしい。

「あなたのお姉さんにちゃんとお礼を言えなかったのが心残りだったんです」

「お礼だなんて……姉は何の役にも立てていないじゃないですか」

「そういう問題じゃないんです。お姉さんだってすごく怖かったはずなのに、勇気を出して手をさしのべてくれたことに感激しているんです。そうよね？」

女性は夫を見た。彼は少し恥ずかしそうに笑い、口を開いた。

「息子が、来月全寮制の中学校に進学するんです。この旅行が終わったら、息子はすぐに家を出ていきます」

「そうなんですか……」

「進路を決めるまで、息子とは何度も衝突したんです。私が一方的に受験先を決めたせいで、息子は反発して、家出したことすらありました。でも、何度も話し合ったおかげで、おたがいの気持ちを理解し合うことができたんです。息子は、学業だけではなく、部活にも力を入れている中学校を受けることにしました。かなりの難関校だったのですが、必死に努力した甲斐《かい》あって、無事に合格できました」

「あなた、自慢してどうするのよ」

妻に呆れられ、夫は頭を掻いた。

「おめでとうございます」

私が頭を下げると、男性もはにかみながら礼をした。

「今日は、私のせいで無用なトラブルを招いてしまって、家族旅行が台なしになるところでした。でも、あなたのお姉さんのおかげで、思い出に残る旅になりそうです。心から感謝していると伝えてもらえますか？」

「は、はい、わかりました……ところでその息子さんは？　今は姿が見えないようですけど」

「近くに息子の知人が営んでいる喫茶店がありまして、今はそこに顔を出しています。息子も、直接お礼を言えなかったことを悔やんでいました。息子もたいへん感謝していた、とお伝えください」

「あの、お姉さんのお名前だけでも、教えてもらえませんか？」

女性が尋ねてきた。

「はい……姉は、藤原あかりです」

はにかみつつも、誇らしげに、その名前を口にした。

「あかりさん」

女性が、その名前を噛みしめるように発した。「あなたのお名前も聞かせてもらえますか？あかりさんとそっくりだけど、もしかして双子さん？」

彼女の問いに、静かに首を横に振る。

「いえ、私は……」

ただの幻です。

心の中で答えたあとで、「名乗るようなことは何もしていませんので」と断った。

ふたたび感謝の言葉を述べると、夫婦は去っていった。

私は橋の欄干《らんかん》にもたれかかり、川を見下ろした。水面《みなも》に散らばっている花びらが、ゆっくりと流れていく。

私は「あかり」のことを考えた。

「あかり」は、トラブルには介入しなかったと嘘をついたが、あれはきっと、自身をひまりだと偽るためだったのだろう。たしかにひまりなら、通りすがりの人を助けるようなことはしない。

困っている人を見捨てられないやさしさは、ひまりにはない、「あかり」だけが持っているものだ。記憶を消したあとの「あかり」にも、そのやさしさは残るのだろうか。

私は彼女に呼びかける。

ねえ、あかり。恵さんは間違っていなかったよ。あなたは、やさしさだけでは人に好かれないと言っていたけど、あなただからこそ救える人がいたじゃない。だったら、これからもきっといるよ。

あなたは、ひまりとは違う道を歩んできたというだけで、決してひまりに劣っていたわけじゃないのよ。

私は、「あかり」が私と別れる前に、「最後に私の意思を確認してから記憶を消すことになってる」と話していたのを思い出す。

つまり、本人の気が変われば、今からでも記憶を消すのを取り消せるはずだ。

私は唇を噛んだ。

「あかり」に、さっきの夫婦の言葉を聞かせてあげたかった。そうすれば「あかり」も、ひまりにはない、あかりならではの魅力に気づいたはずなのに。

もし、このまま記憶が消えるのだとしたら、せめてそのやさしさだけは残っていてほしい。生まれ変わるなら、恵さんがふたたび絵筆をとりたいと思えるような女性に、生まれ変わってほしい。

でも、もう遅いのだろうか。「あかり」はこのまま記憶を消してしまうのだろうか。それとも、最後の最後に思いとどまってくれるだろうか。

胸の前で両手を組み、私は祈った。

咲き誇る桜を、春風が散らし始めていた。

第五話 ♦ さよなら、イエスタデイ

お昼どきにもかかわらず、「Memory」はすいていた。いつものように、カウンターの内側から友杉くんがほほえみかけてくる。

私とタカさんは、いちばん奥の席に着く。

店内にはビートルズの「Yesterday」が流れていた。友杉くんはビートルズが好きで、店ではいつもビートルズのレコードをかけているのだ。

「同じ曲ばかり流して飽きないのかねえ」

ビートルズ嫌いのタカさんが顔をしかめた。

タカさんは私の祖母の妹だ。三年前に夫を亡くし、子どももおらず、川越市内の一軒家で一人暮らしをしている。話し相手がいなくてさびしいと言うので、私は定期的にタカさんを連れてこの店を訪ねるようにしている。

友杉くんが私たちのテーブルまで注文を取りに来た。

「ナポリタンとコーヒーをふたつ、お願いね」

「了解……どう、少しは落ち着いた？」

友杉くんが訊《き》いてきた。

「そうね。まだ手続きはいろいろ残っているけど、気持ちの整理はついたわ」

十日前に祖母が亡くなったばかりだった。記憶を消す店を私に任せてから二年が経っていた。

「タカさんも元気出してくださいね」

友杉くんが、私の向かいに座るタカさんに言う。

「姉さんも逝《い》ったことだし、私もお迎えが近いかもねぇ」

タカさんはまだ、姉を亡くしたショックから立ち直れていないようだった。

「まだまだ長生きできますよ」

と言い残して、友杉くんが離れていった。

タカさんが煙草《たばこ》に火をつけた。

「姉さんが死ぬ前に、あんたが跡を継いでくれたのは本当によかったよ。あんたがほかの仕事をしたいと言い出したらどうしようかと、姉さんはずっと心配していたんだよ」

と言って煙を吐き出す。

私が、他人の記憶を消す力を祖母から受け継いでいると知ったのは、十歳の誕生日のことだった。

祖母は私を家に呼び、自身の持つ不思議な力で人の記憶を消す仕事をしていることを明かした。この力は隔世遺伝で伝わっていくものらしく、私が受け継いでいるかどうか試したい、と言われた。

祖母の隣には、当時まだ存命だった祖父もいた。祖母は私に、祖父のその日の朝食の記憶を消すように命じた。祖父は、朝食を食べた時間と献立、さらに食欲がわかずに半分近くを残したことを話した。

私は祖母に言われるがまま、祖父の禿頭《とくとう》に手を当てた。祖母が言うには、消したい記憶をイメージすると、そのうち変化が訪れるものらしい。

頭に触れながら、祖父が朝食を食べている様子を脳裏に描いていると、不意に手の端に温《ぬく》みを感じた。私は、温かくなった部分に手のひらの中心を合わせた。

「それが、おじいちゃんが朝ごはんを食べたときの記憶よ。それを外へ追い出すの」

「外へ？　どうやって？」

「その温かいものが、頭の外へ押し出されていくところを想像するの。時間はかかるけれど、しばらくすれば少しずつ熱が引いていくはずよ」

辛抱強く意識を集中し続けていると、ほんの少しずつではあるものの、たしかに熱が失われていくのを感じた。

祖父が居眠りを始めた。その間も私は朝食の記憶が頭の外へ押し出されていくのを一生懸命イメージし続けた。

頭の熱が完全に消え失せるころには、びっしょり汗をかいていた。

目を覚ました祖父に、祖母が今日の朝食について尋ねた。祖父はきょとんとした顔で、「今日朝飯食べたっけか？」と答えた。寝ぼけているだけなのではないかと思ったが、祖母が朝食の献立や、半分も食べ残したことを告げても、祖父はまったくピンときていない様子だった。

祖父が部屋を出ていき、祖母はほっとした様子で言った。

「やっぱり、あなたは力を受け継いでいるのね。実は私も十歳の誕生日に、私のおばあちゃんに呼ばれて、まったく同じことをしたのよ」

そこで祖母も、記憶を消す力を受け継いでいることが確認できたらしい。

「タカさんも同じことができるの？」

祖母は首を横に振った。どうやら、必ずしも全員がこの力を受け継いでいるとは限らないらしい。

祖母が言うには、この力を宿す者だけが、力を次の世代に引き継ぐことができるそうだ。祖母が産んだ子どもは、母を除き、みな結婚する前に亡くなってしまった。私は一人っ子だから、ほかに力を継ぐ者はいないことになる。あなたが力を引き継いでいなかったらどうしようかと思った、と祖母は胸をなでおろしていた。

「将来、私が引退したら、あなたにこの仕事を引き継いでほしいの」

続けて、祖母は頼んできた。有無を言わさぬ口調で、断ることはできなかった。

私の将来は、この瞬間に決まった。

「タカさんは、おばあちゃんのことをどう思ってたの？」

十数年前のことを思い出しながら、私は尋ねる。

「どうって？」

「記憶を消す力のことよ。自分が引き継ぎたかった、って思うことある？　それとも自分じゃなくてよかったと思う？」

力の有無によって、その後の人生は大きく変わっていたはずだ。

「今の仕事、嫌なの？」

タカさんが眉《まゆ》をひそめる。

「そういうわけじゃないけど……」

自分が、ほかの誰にもできない大切な仕事をしていることはよくわかっている。

ただ、それでも、この力を授かっていない場合の人生に思いを馳《は》せることは、いまだにある。友杉くんのように、やりたいことをやって生きている人がうらやましくなるのだ。

自分の思いを明かすと、タカさんは小さくうなずいた。

「なるほどねえ。私らの時代は、個人の自由なんてものはほとんどなかったから、私も姉さんも、あんたみたいな悩みは持たずに済んだのよ。でもね、それを不幸だと思ったことは一度もないわね。私に言わせれば、自由に生きることと、幸せに生きることとは、まったく別の問題なのよ」

タカさんは、十代のときに、親に決められた相手と結婚したらしい。だが、タカさんは老いてからも夫と仲がよく、いつ見ても幸せそうだった。

「姉さんも、自分の仕事に誇りを持ってたわ。悔いのない人生を送ったはずだよ」

タカさんが励ます。だが続けて、責めるような目を向けてきた。

「唯一の心残りは、あんたの花嫁姿を見られなかったことだろうねえ」

私には、この力を次世代に引き継ぐ使命がある。そのため、祖母はしきりにお見合いを勧めてきたが、私は断り続けていた。

「誰かいい人いないの？」

「さあね」

数カ月前、私は恋人と別れた。その男性との交際は、周囲には秘密にしていた。

タカさんから視線をそらす。その先には、テーブルを拭《ふ》く友杉くんの端整な横顔があった。

外に出て空を見上げると、雲ひとつない青空が広がっている。秋晴れという言葉がふさわしい一日だった。ついこの間まで緑の葉を広げていた街路樹のイチョウが、今は黄金《こがね》色に輝き始めていた。

私は本川越駅へ向かい、電車に乗り込んだ。

外出するかどうか、直前まで迷っていた。このところ体調が悪く、今朝も少し吐き気がしたが、無理を押して出かけることに決めた。幸い、電車に乗っている間に体調は徐々によくなってきた。

電車を乗り継ぎ、体操競技の大会が行われている、都心の大きな体育館に到着した。すでに競技は始まっていた。六種目が同時並行で行われ、私は鉄棒がよく見える席に腰を下ろした。観客の数はさほど多くなく、両隣はどちらも空席だ。

私が体操競技に興味を持ったきっかけは、数年前の東京オリンピックだった。

それまでスポーツには関心がなかったのだが、オリンピックだけは毎日のようにテレビで観ていた。どの競技も面白かったが、中でも日本人選手が活躍し、個人・団体含めて多くのメダルを獲得した体操競技に私は熱中した。テレビ越しではなく、目の前で彼らの演技を見てみたくなり、関東で行われる主要な大会には極力足を運ぶようにしていた。

会場を見わたし、お目当ての選手を探した。

柏木望《かしわぎのぞむ》は、平行棒の近くで順番が来るのを待っていた。不安そうな表情で、前の選手の演技を見つめている彼の様子に、私までそわそわしてきた。

私が追いかけている柏木望は、有望な選手を何人も抱える実業団に所属している。躍動感のある演技が魅力で、将来を嘱望《しょくぼう》されているものの、精神的にもろく、好不調の波が激しいのが難点、と評価されていた。

特に今年に入ってからは深刻なスランプに陥《おちい》り、ふがいない成績が続いた。このまま自信を失って引退したらどうしようかと心配していた。

だが、柏木は最初の平行棒で、今まで見せたことのない技を見事に決めた。その後も、ゆか、跳馬《ちょうば》、つり輪と、かつての華麗《かれい》な演技を取り戻し、そのたびに拍手が会場に響く。種目を終えるごとに、彼の表情は自信に満ちていった。

鉄棒の順番が回ってきた。柏木がもっとも得意とする種目だが、スランプに陥ったきっかけも鉄棒だった。今年最初の大会で、手を滑らせて落下したのだ。彼にとっては因縁《いんねん》の種目といえる。

柏木が鉄棒の前に立つ。大きく息を吐き、頬《ほお》を引き締めてから、ジャンプして鉄棒を握る。私は固唾《かたず》を呑んで見守った。

柏木は両手を軸に、大きな身体をしなやかに回転させる。何度目かの回転ののち、爪先《つまさき》が十二時の方向を向いた瞬間に両手を離して空中で一回転し、ふたたび棒をつかんだ。会場から大きな拍手が起こる。その数秒後、さらに彼は宙を舞い、今度はひねりながら身体を回転させる。再度大きな拍手が湧く。

彼の演技は、いつにも増してキレがあった。拍手のボリュームも、ほかの選手の演技とくらべて明らかに大きい。

柏木はその後も難度の高い技を次々と決めていく。私は拍手を送りながら、彼が完全復活を遂《と》げたことを確信した。

柏木が両手を離し、身体を回転させて着地する。腰を落とし、バランスを崩さないよう、ぐっと踏ん張る。

最後まで、非の打ちどころのない演技だった。

私は思わず立ち上がりそうになった。柏木も高揚した表情で、沸き上がる観客席を見上げている。

柏木の視線が、私を捉えたような気がした。私は思わず顔をそむけた。

すべての競技が終わり、表彰式に移った。

柏木は、鉄棒で二位、平行棒で三位、総合三位という成績だった。近くにいた二人組の客が「柏木が復調してきたな」と感心しているのを耳にし、自分のことのように誇らしかった。

表彰台に立つ柏木の堂々とした姿を見届けてから、私は会場をあとにした。

外は相変わらず、突き抜けるような青空が広がっている。このまま帰るのももったいない気がしたので、私は体育館の敷地内にある、植え込み前のベンチに腰を下ろした。あらかじめ買っていた菓子パンを食べながら、何度も読み返している梶井基次郎の小説をバッグから取り出した。今日のような青空の下で読書に没頭するのが、昔から好きだった。

だが、活字を追っていても、全然頭に入ってこない。ふだんは、本を開いたとたんに作品の世界に入り込めるのだが、このときばかりは柏木の躍動する肉体を思い出してしまい、ろくに集中できなかった。

私が体操競技に魅了されるのは、自分の仕事と関係があるのかもしれない、とよく思う。記憶を消す力を授かったために、職業選択の自由が得られなかった。その代わり、労働時間がほかの社会人とくらべてかなり短いにもかかわらず、世間の平均年収以上の稼ぎを得られている。

祖母は、一件当たりの金額を、世間の物価や平均収入を参考に決めていた。

記憶を消すというのは、本来世の摂理《せつり》に反することだし、一度消した記憶は二度と取り戻すことができない。うかつに記憶を消してしまうと、日常生活や人間関係に支障が出る恐れもある。記憶を消すときは、熟慮した上で決めてもらわなければならない。だから安易に頼られないためにあえて高い金額を設定し、依頼人の覚悟を問う。決してこの力を安売りしてはいけない、と、祖母からはきつく命じられていた。

祖母の仕事を引き継いだのちに物価や賃金が急激に上がったため、それに合わせて金額も変えた。預金口座には、一人では使いきれないほどの金額が入っている。たいした努力もしていないのにどんどんお金が貯まっていくことが後ろめたかった。日々、わずかな給料のために汗水流して働く人たちに申し訳ない。

そんな私にとって、血のにじむような努力を積み重ね、多くの人々を惹《ひ》きつける演技を見せる体操選手たちは羨望《せんぼう》の的だった。記憶を消す力などという、うかつに人には話せない怪しげな才能ではなく、自らの手で鍛え上げた強靭《きょうじん》な肉体と、徹底的に磨き上げた技術を武器にしているのが、私にはまぶしかったのだ。

さまざまな選手を見てきた中でもっとも私の心をつかんだのが、安定感には欠けるものの調子のいいときには誰よりもダイナミックな演技を見せる、柏木望だった。

あらためて柏木の演技を思い返していると、ベンチに近づいてくる体操服姿の男性まで、柏木本人のように思えてきた。そんな馬鹿な、と首を横に振ったのだが、彼が私の目の前に立ったときに初めて、目の錯覚ではないことがわかった。

間近で見る柏木は、筋骨隆々として迫力があった。

「あの、すみません……以前も、大会を見に来たことがありませんか？」

私はしばらく言葉を失っていた。

「ありますよね？」

不安げに尋ねてくる。

「……はい」

「やっぱり」

彼は頬をゆるめた。少し口ごもってから、意を決したように息を吸い込んだ。

「あ、あなたのことが気になっていたんです。一度、僕と食事に行ってくれませんか？」

私は呆然《ぼうぜん》として、顔を赤くした柏木の顔を見上げた。

依頼人が帰り、私は狭い部屋でひとりきりになった。部屋の外からは、雨粒が地面を叩《たた》く音が聞こえてくる。

お湯を沸かし、窓の外に目をやりながらお茶を飲む。雨に濡れた蔵造りの商店街は人通りが少なく、ながめていると物悲しい気分に襲われた。

気持ちが落ち着いてくると、急に疲労を覚えた。依頼人の記憶を消したあとは、いつもぐったりする。しばらく身体を休めていると、不意に電話のベルが鳴った。

「もしもし……あ、あの、そちらは、記憶を消してくれる店で間違いないかね？」

緊張気味の、しわがれた男性の声。

「はい。そのとおりです。当店の利用をお考えですか？」

「あ、ああ、そうなんだよ」

ほっとした様子で男性は答える。

いつもの調子で、消したい記憶の内容と、その記憶を消しても日常に支障がないかどうかを確認した。男性は、この店が本当に存在していたことに終始戸惑《とまど》っていたようだが、なんとしてでも記憶を消したいという意志ははっきりしていた。

明後日の昼、彼はここへ来ることになった。店の場所を伝え、川越を訪れることを周囲には秘密にしておくよう念を押してから電話を切った。

この電話番号は、どこにも公表していない。依頼人がどうやって連絡先を突き止めるのか、私にもよくわからないのだ。祖母が言うには、私たちの力を切実に必要としている人たちは、自然とこの店の存在と連絡方法を知ることになるのだそうだ。

依頼の電話は、全国各地、さまざまなところからかかってくる。

祖母曰く、私たちの一族は、数百年も前からここ川越で人の記憶を消す仕事を続けてきたらしい。その中でもこの二十年間が、もっとも必要とされた時期だったのかもしれない、と祖母は言っていた。「ようやく肩の荷が下りたよ」と安堵《あんど》して祖母が引退したとき、これからは私がしっかりと跡継ぎの役目を果たさなければならないのだ、と気を引き締めたことをよく覚えている。

戸締まりをして店を出た。通院している病院に寄り、会計を済ませたころには、すでに日も暮れていた。日中から降り続く雨脚は強まっている。スーパーで食材をまとめ買いするつもりだったが、たくさんの荷物を持って雨の中を歩くのが億劫《おっくう》になり、私は予定を変えて「Memory」へ足を延ばすことにした。

友杉くんは、仕事中だというのにカウンターの内側で本を読んでいた。私が正面に座ってナポリタンとサラダを注文すると、彼は「これから謎解きが始まるところだったのに！」と文句を言いながら店の奥に入っていった。

彼が読んでいた本の表紙に目を落とす。アガサ・クリスティーの小説だった。

私も友杉くんも読書が好きなのに、私が梶井基次郎や三島由紀夫、川端康成《かわばたやすなり》といった純文学を好むのに対し、彼は松本清張《まつもとせいちょう》やアガサ・クリスティーなどの推理小説ばかり読んでいるため、まったく話が合わない。一度、「謎解きなんて子どもじみたものの何が面白いの？」と口走ってしまい、喧嘩《けんか》になったこともあった。

ナポリタンとサラダを持ってきた友杉くんは、私が食事をしている間、ふたたび読書に熱中し始めた。店の奥にいた四人組がレジの前に立ったものの、友杉くんが気づく様子はなく、私にうながされて慌《あわ》てて席を立つありさまだった。

四人組が出ていき、客は私だけになった。

「もう少しちゃんとしたほうがいいんじゃない？」

以前はもっと真剣に働いていたのに、仕事に飽きたのか、最近の彼は少したるんでいる。

私がとがめると、さすがの友杉くんもきまり悪そうに頭を掻《か》いていた。

「君はどう？」

「どう、って？」

「仕事だよ。あいかわらず、依頼はたくさんあるの？」

これ以上責められるのを避けようとしたのか、友杉くんは私に話を向けてきた。

「そうね。今日も人が来たし、新しい依頼の電話もあったしね」

「その人たちの消したい記憶というのはやっぱり……」

「うん。いつものよ」

「そっか。当時の記憶に苦しめられている人はまだたくさんいるんだね」

友杉くんの顔が曇った。

「ただ、そのうち私の仕事もいらなくなるかもしれないね」

「えっ？」

「たしかに、今はまだ私の仕事が求められるんだろうけど、時代が変わって、私の孫が跡を継ぐころになれば、誰もこの力を必要としなくなるんじゃないか、って思うことがあるの」

「急にどうしたの？」

「最近、将来のことをよく考えるようになったのよ」

「ふうん」

腑《ふ》に落ちない様子で首をかしげながらも、「でも」と友杉くんが続ける。「どんな時代にも共通する悩みはあると思うよ。長い間受け継がれてきた仕事が、そう簡単になくなるはずがないよ。少なくとも、僕の店よりも長続きするのは間違いない」

「あはは。それはそうかも」

私が笑っていると、友杉くんは急に深刻そうな顔つきになった。

「ただ、商店街自体、将来はどうなっているかわからないよね」

友杉くんの指摘に、私は声を発することができなかった。

脳裏には、自分の店の窓から見た、閑散《かんさん》とした商店街の光景があった。江戸の趣《おもむき》を残すこの商店街は観光名所として知られているが、訪れる人の数は、ここ数年でかなり減ってしまった。いずれこの風景は過去の遺物として消え去ってしまうのではないか、と心配している人も少なくないのだ。

「まあ、一年先がどうなっているかもわからない僕が、商店街の未来を心配するのもおかしな話だけどね」

「そうよ。あなたはもっと頑張らなきゃダメよ」

と、発破《はっぱ》をかけたのだが、彼の心に響いた様子はなかった。

「そんなに頑張るつもりもないけどね。僕は別に金持ちになりたいわけじゃないんだ。自分一人がなんとか生きていければそれでいいよ」

友杉くんは女性にもてるのだが、本人にはいっさい結婚願望がない。家庭を持たず、生涯自由に生きていきたいのだという。たいして儲《もう》かっていないはずなのに、店を閉めて一人旅をすることも多く、最近では開催が決まっている大阪万博へ行く計画を立て始めていた。与えられた使命を果たすために生きている私からすると、友杉くんの人生に対するスタンスには、どうしても共感できない。

「そういえば、先週の日曜日、川越駅の近くで君を見かけたよ」

友杉くんが言った。

「えっ？」

「やけにお洒落《しゃれ》な格好してたね」

友杉くんが意地の悪い笑《え》みを見せる。

柏木さんに会いにいくところを見られたのだろう。

柏木さんから食事に誘われたとき、私はあまりの喜びに気が遠くなりそうになったものの、「私のような者が柏木さんとデートするなんて恐れ多いです」といったんは断った。だが、何度拒んでも柏木さんは引き下がらず、最後には彼の熱心さに私が折れた。私が首を縦に振ると、彼は子どものように無邪気な笑顔を見せた。

池袋駅で待ち合わせをして、彼が予約しているレストランへ向かった。

休日の池袋はひどく混んでいた。ふだんは人ごみの中にいると息苦しくなるのだが、このときは苦にならなかった。柏木さんと並んで歩いていると、屈強な存在に守られているという安心感を抱くことができたのだ。

「家入さんは、どんなお仕事をされているんですか？」

乾杯したのち、柏木さんが尋ねてきた。

「建設会社で事務の仕事をしています」

人に仕事を訊かれたら、いつもこう答えるようにしている。

「この間の大会、素敵でした」

私が言うと、彼は顔をほころばせた。

「ありがとうございます。でも、まだまだです。オリンピック選手になるためには、もっともっと頑張らないと」

「やっぱりオリンピックを目指しているんですね」

彼はきっぱりとうなずいた。

「家入さんも、体操経験があるんですか？」

「いいえ、私はスポーツはからっきしです。東京オリンピックを観てから、体操に興味を持ったんですよ」

「日本人選手の活躍はすごかったですからね。僕もあのオリンピックを観て、本気で体操の道に進もうと決めたんです」

当時、柏木さんはまだ青森の高校に通っていて、就職するか、体操を続けるかで迷っていたらしい。だが、オリンピックで躍動する日本人選手たちの勇姿を見て、自身も同じように大舞台に立ちたいという夢を抱き、今のチームに所属することにしたそうだ。

食事の間、柏木さんはずっと、自身の夢を語っていた。

私に興味を持って食事に誘ったくせに、自分の話ばかりするのは、決して褒《ほ》められたものではないのかもしれない。

だけど、私は満たされていた。

目を輝かせて大きな夢を語る柏木さんの姿に、私は魅了されていた。このままずっと彼の話を聞いていたいくらいだ。

「また、会ってくれる？」

店を出る直前、柏木さんが言った。彼の口調は、途中からくだけたものに変わっていた。

私は少しためらってから、「うん」とうなずき、次に会う日を決めた。

その、「次に会う日」まで、あと三日。今週の土曜日、柏木さんがよく行くという小料理店で食事をすることになっている。

私はカウンターに肘《ひじ》をつき、胸の前で手を組んだ。

今は、柏木さんに会える喜びよりも、彼の誘いに応じてしまったことへの後悔のほうが大きかった。本当は、きっぱりと断らなければならなかったのに……。

「どうしたの？」

黙り込んでいると、友杉くんが怪訝《けげん》そうに尋ねてきた。

「ううん、なんでもない」

「やっぱりあの日はデートだったの？」

友杉くんが片頰をつり上げた。

私がにらみつけると、彼は顔をそらし、食器を片づけ始めた。

待ち合わせの駅は、柏木さんの自宅がある駅のひとつ隣だった。

食事の場所を自宅の近くにしたということは、そのあとで私を家に招こうと考えているのかもしれない。誘われたら、きっぱり断ることができるだろうか。

改札を出たところに、柏木さんの大きな身体が見えた。私に気づくと、彼は顔をほころばせた。

「ちょっと歩くけど、いいかな？」

「もちろん」

繁華街ほどにぎやかではないものの、駅の周辺には飲食店がいくつも並び、行き交《か》う人の姿も多い。

小料理店に入り、私たちは奥の席に座った。

「何を飲む？」

柏木さんが訊いてきた。

「私はウーロン茶で」

「お酒は苦手？　この間もずっとお茶を飲んでたね」

「最近は控えているの。このごろ、あまり体調がよくなくて」

「え、大丈夫？　もし、無理して来たのなら今日はもう……」

「ううん、いいの。せっかく来たんだし、今日は楽しみましょう」

ほほえむと、柏木さんはほっとした様子でうなずいた。

柏木さんは店員を呼び、ウーロン茶と日本酒、酒のつまみになる料理をいくつか注文した。

「今頼んだのは、地元のお酒なんだ。僕が生まれた町に酒蔵があるんだよ」

柏木さんがメニュー表を指さす。注文した日本酒は、青森の酒だと記されていた。

「へえ、これ、鰺ヶ沢《あじがさわ》のお酒なのね」

「え？」

柏木さんがきょとんとした顔を見せた。「僕、鰺ヶ沢の出身だって言ったっけ？」

「あ、あれ？　言ってなかった？」

「鰺ヶ沢、なんて地名、地元の人しか知らないだろうから、出身地を訊かれたときは青森としか言わないはずだけど」

「あ、ええと」

私は頭を掻いた。「……新聞で読んだのよ」

以前、有望な若手選手を紹介する特集で、柏木さんが取り上げられていた。私はその記事を切り取り、しばらく保存していたのだ。

「へえ、そんなに細かいプロフィールまで覚えててくれたの？」

柏木さんがあまりにもうれしそうにしているので、私はだんだん恥ずかしくなってきた。

飲み物と料理が届き、乾杯をして食事を始めた。柏木さんが勧めるだけあって、どの料理も絶品だった。

今日も、私たちは体操の話をした。

ふだんの練習の様子や、大技を決めたときの快感を饒舌《じょうぜつ》に語る柏木さんの姿を見ながら、純粋な人なんだな、とあらためて思う。自分が追いかける夢を生き生きと語り、何かいいことがあると、心からうれしそうな顔をする。

「ひとつ、訊いてもいい？」

追加注文したもつ煮込みに箸《はし》を伸ばしつつ、私は尋ねた。「最近まで、ちょっと調子を崩してたじゃない」

「うん」

声が少し暗くなった。

「この間の大会で、スランプから脱したように見えたけど、どうやって克服したの？」

「別に、何か特別なことをしたわけじゃないんだけど……今思えば、当時はあまり練習に身が入ってなかったのかもしれない」

「それはどうして？」

「うーん」

浮かない顔をしている。この話をするのは気が進まないらしい。

「結果が出なくて嫌気がさしたのかもね。正直、あんまりよく覚えていないんだ」

柏木さんは日本酒を飲み干した。追加で飲むつもりはないらしく、店員を呼ぼうとはしなかった。

「ただ」

と言ってから、彼は下を向いた。

「どうしたの？」

「最近、また練習に集中できなくなってきた」

「え、どうして？」

柏木さんが、伏せていた顔を上げる。

「君のことばかり考えてしまうからだよ」

一瞬、息が止まりそうになった。

「それは……よくないわね」

「……うん、よくない」

言ったきり、柏木さんはふたたび下を向き、黙々と箸を動かした。おかしな空気がただよっていた。

「ふだん、客席に目を向けることはほとんどないんだけど」

彼は意を決した様子で口を開いた。「ある大会で、最高の演技ができたと思って胸を張ったとき、熱心に拍手を送ってくれる女性の姿が見えたんだ」

「視力がいいのね」

私が茶化《ちやか》すように言うと、大真面目な顔で「二・〇あるよ」と返ってきた。

「その日以来、大会に出るたびに、君を探すようになった。僕がいい演技をするたびに、君は喜んでくれた。不振の時期は、情けなくて客席を見ることもできなかったよ。だからしばらく、君の姿は見ていなかったような気がする。だけど、この間、久々に満足のいく演技ができた。久しぶりに喜んでいる君を見て、僕は確信したよ」

柏木さんは唇《くちびる》を震わせた。「僕は家入さんが好きです」

まっすぐな告白を前に、私は身動きが取れなくなった。

「ありがとう」

それだけ言うのがやっとだった。柏木さんはしばらくそれに続く言葉を待っていたが、私が口を閉ざし続けていると、無念そうに唇を噛《か》んだ。

「……出ようか」

「そうね」

支払いを終えて店を出ると、冷たい風が吹きつけてきた。

「僕じゃダメかな」

駅まで向かう途中、柏木さんがこぼすように言った。

「ダメというか……オリンピックに出たいんだったら、彼女を作っている暇はないんじゃない？」

「君がそばにいてくれるのなら、もっと頑張れると思う」

「私なんかじゃ、あなたと釣り合わないわ」

「君は！」

柏木さんが足を止めた。突然の大声に立ちすくんだ私に、一歩ずつ、迫るように近づいてくる。

「僕のことをどう思ってるの？」

「どうって……」

心の奥底から、「ダメ」という声が響く。私は心を鬼にして、彼の告白を断らなければならない。

「すばらしい体操選手だと思います」

私は距離を取り、意識して口調を変えた。「体操のこと、いろいろ話してくれてありがとうございました。これからも、いちファンとして応援します」

傷つく柏木さんの顔に、私の心も痛んだ。これ以上顔を合わせていると、ふたたび気持ちがぐらつくかもしれない。

「それじゃあ、さようなら」

強引に別れようとすると、不意に腕を引っ張られた。

「待ってくれ」

彼が迫ってくる。このまま襲われるのではないか、という恐怖心を覚えた直後、急に吐き気がこみ上げてきて、私はたまらず口元を押さえた。

「い、家入さん！」

その場にくずおれそうになった私を、柏木さんが支える。

彼の手が私のおなかに触れた。

「やめて」

私は彼の手を払い落とした。

吐き気が収まってから顔を上げると、柏木さんは私のおなかに触れた手をじっと見つめていた。

「家入さん、まさか……」

彼の唇は、告白したとき以上に震えていた。「妊娠してるの？」

まだ営業していた喫茶店に入った。客は私たちのほかに一組しかいなかった。

「さっきは熱くなってごめん」

「ううん、いいの」

「タクシーを呼ぼうか？　支払いは僕が持つから」

「平気よ。電車で帰れるわ。そんなにたいしたことないから」

つわりがもっとも酷い時期は過ぎ、以前とくらべればはるかに楽になった。

「全然気づかなかった」

柏木さんが頭を掻き、私のおなかに目を向ける。まだそこまで目立っていないため、誰かに指摘されたことはこれまで一度もなかった。

「あの……家入さんは結婚するの？」

届いたコーヒーを飲んでから、柏木さんは声を潜めて尋ねてきた。

「しないわよ。この子は、前の彼氏との間にできたの。別れてから妊娠がわかったのよ」

「その彼氏には、赤ちゃんのことを話してるの？」

「何も伝えていないわ」

「どうして？」

「迷惑をかけたくないの」

「迷惑……？」

「彼の人生の邪魔をしたくないの。彼には、家庭に縛られずに、やりたいことを自由にやらせてあげたいから」

「まさか、家入さんは、一人でその子を産むつもり？」

「産むわ」

その答えに、柏木さんはしばらく動けなくなった。

「う、嘘だろう？」

「せっかく授かった命だもの。彼との間にできた子どもだし……」

「もしかして、その人のことがまだ好きなの？」

「……ええ、好きよ」

柏木さんは悄然《しょうぜん》とした面持《おもも》ちで額《ひたい》に手を当てた。

「だったらなおさら、そいつに子どものことを話すべきだよ」

「そのつもりはないわ」

「その男にもしっかり責任を取らせるべきだ。君一人が苦労するのはおかしいよ」

「でも、もう決めたことなの」

「君のご両親はこのことを知っているの？」

私は首を横に振る。結婚せずに子を産むつもりだと知ったら、両親がどんな反応を示すのか想像がつかず、いまだに打ち明けられずにいた。

険しい顔つきの柏木さんに、私はむりやりほほえんでみせた。

「そういうわけで、柏木さんは、私とのことは考え直したほうがいい。身重《みおも》の女性とつきあうなんて荷が重いでしょ？」

柏木さんは「そんなことは」と口走ったものの、言葉が続かない。眉間《みけん》の皺《しわ》がいっそう深くなった。

しばらく様子を窺《うかが》っていたが、柏木さんは、それ以上何も言ってこなかった。私はほっとするのと同時に、もう口説《くど》いてはくれないのか、というさびしさも味わっていた。

「柏木さんと会うのはこれっきりにしたほうがよさそうね。話ができて楽しかった。将来、子どもと一緒に観戦に行くのを楽しみにしてるね」

柏木さんは諦めの悪い子どものように、何度も首を横に振る。だが、口元は真一文字《まいちもんじ》に結んだままだった。

私たちは店を出た。夜風はいっそう冷たくなっていた。駅までの道中、彼は唇を嚙みしめたまま、何も話そうとはしなかった。

駅のホームに出ると、ちょうど私の乗る電車が滑りこんできた。

「いずれにしろ、前の彼氏には子どものことを話したほうがいいと思うよ。実の父親なんだから」

電車に乗り込む直前、柏木さんが言った。

「そうね」

「また連絡するよ」

私はあいまいな返事をして、柏木さんと別れた。

数日ぶりに、依頼人が二階の私の店を訪ねてきた。

仕事を終えて、いったん「Memory」に顔を出した。家に着いたときには夜の九時を過ぎていた。

いつもはすぐにお茶を淹《い》れるのだが、今日に限ってはお湯を沸かす気力すらなく、着替えもせずに布団の上に寝転がった。

天井を見上げつつ、私は着実に大きくなってきているおなかに手を当てる。

このところ、おなかの中で赤ちゃんが活発に動いているのを感じるようになった。そのたびに、この身体《からだ》に新たな命が宿っていることを実感させられた。

ただ、今後を思うと気が滅入《めい》る。これから訪れる波乱の日々を、私は耐え抜くことができるのだろうか。

今日、閉店後の「Memory」で、友杉くんに妊娠の事実を伝えてきた。

友杉くんはしばらく呆《ほう》けたような顔を見せたあとで、「今まで気づかなかったなんて」とこぼした。

「本当に産むつもりなの？」

「産むよ」

即答すると、彼は頭を抱えた。

「それが君の使命だから？」

友杉くんの言うとおり、私にはこの血を次の世代につなげる役目がある。記憶を消す力は、長い期間にわたって代々受け継がれてきた力であり、私の代でそれを絶やすわけにはいかないのだ。

世の中には、望んでもなかなか子を授からずに苦しんでいる女性もいる。タカさんもそのひとりだった。結婚して何年経っても子どもができず、親族から白い目で見られた、と彼女は以前話していた。私だって、いつまた子ができるかはわからない。この機会を逃すと、二度と子を授かるチャンスが訪れない可能性もある。友杉くんとは違って、私の人生は、自分ひとりだけのものではないのだ。

ただ、私が子どもを産むと決めた理由は別にある。

「この力のことがなくても、私はこの子を産んだと思う」

「どうして？」

「そんなの決まってるじゃない。好きな人との間にできた子どもだからよ」

私は友杉くんを見つめる。彼は困り切った様子で頭を搔き、しばらく動かなくなった。

重苦しい沈黙が場を支配する。自分から頼んで時間を作ってもらったにもかかわらず、私はここから逃げ出したくなった。

「ひとりで育てられる？　父親がいないと、何かと大変だと思うけど」

「なんとかやってみせるわ」

「そんなに簡単なことじゃないと思うけど」

彼の言い方にカチンときた。

「だったら結婚してくれる？」

挑発するように言うと、友杉くんは頰を引きつらせた。

重たい雰囲気をただよわせたまま、「Memory」を出た。その直後、急に涙がこみ上げてきた。声を上げそうになるのを懸命にこらえつつ、人気《ひとけ》のない夜の商店街を抜けた。

あのとき泣きたくなった理由が、今になってようやくわかった。

私は、友杉くんなら子どもができたことを喜んでくれるかもしれないと、心のどこかで期待していたのだ。

だが、友杉くんは喜ぶどころか、まるでやっかいなものでもひそんでいるかのような目つきで私のおなかを見つめていた。

友杉くんのほかにも、妊娠を打ち明けるべき相手はたくさんいる。両親はもちろん、タカさんにも、ほかの親族にも、友人たちにも伝えることになるだろう。そのたびに、さっきの友杉くんが見せたような、無遠慮な視線を浴びなければいけないのだろうか。

不意に、とてつもない恐怖に襲われた。

この子は、私以外の誰からも望まれずに生まれてくることになるのかもしれない。

そう思うと、決意が揺らぐ。女一人で子どもを育てるのは、この子のためにもならないのかもしれない。やはり、産むのはやめたほうがいいのだろうか。

突然電話の音が鳴り響き、私は飛び上がりそうになった。

こんな時間に電話がかかってくることはめったにない。緊急の用件かもしれないと思い、疲れ切っている身体を無理に起こした。

「はい、家入です」

「柏木です。夜分遅く申し訳ありません」

彼の声はこわばっていた。言葉遣いもずいぶん硬い。

「この間は、子どものこと、話してくれてありがとう。あれから、いろいろ考えたんだ」

声が途切れた。続く言葉を待っている間、心臓の鼓動《こどう》が徐々に高まっていくのを感じる。

彼が息を大きく吸い込む気配を感じた。

「僕は、やっぱり家入さんのことが好きです」

私は思わず受話器を強く握った。

「家入さんとつきあいたいという気持ちは変わらない。出産のことでサポートできることがあればなんでもしたいし、子どもが生まれたら、三人でデートもしたい。そして、いずれは……僕がその子のお父さんになりたいと思ってる」

夢のような気分だった。

「もうすぐ次の大会があるんだけど、それが終わったらまた会ってくれないかな。これからのことを、じっくり話し合いたいんだ」

「うん。ありがとう」

私は涙声になっていた。

「突然ごめんね。本当は、こういうことは面と向かって告げたほうがいいんだろうけど、どうしても気持ちを伝えたくなっちゃって」

「いいの。うれしい。すごくうれしいよ」

今にも涙がこぼれ落ちそうになるのをぐっとこらえる。一度泣き始めたら、しばらく涙が止まらなくなるに違いない。今は、彼ともっと話をしていたかった。

「大会、楽しみにしてるね。最近の調子はどう？」

「好調だよ。家入さんとデートしたおかげかもね」

「何言ってるのよ」

笑い声が漏《も》れた。さっきまで沈みきっていた心が、大きく弾んでいた。

「必ず応援に行くからね」

「ありがとう。もう夜も遅いし、そろそろ切るよ」

「うん」

本当はもっと話していたかった。だが、柏木さんは明日も大会に向けた練習がある。邪魔をしてはならない。

おやすみのあいさつをして、電話を切った。

私はふたたび布団に戻り、毛布を柏木さんに見立てて思い切り抱きしめた。「その子のお父さんになりたい」という彼の言葉を思い出すたびに、胸がじわりと温かくなった。

おなかが動いた。父親ができるかもしれないことを、子どもも感じ取っているようだった。


ついこの間、黄金色に輝き始めたばかりのイチョウの葉が、早くも散り始めていた。近所に住む顔見知りのおばさんが、長箒《ながぼうき》で落ち葉を集めている。私は彼女とあいさつを交わし、本川越駅までの道のりを急いだ。

大会の会場は、前回と同じ都内の体育館だった。

前回よりも規模の大きな大会のためか、客席はほとんど埋まっていた。さすがの柏木さんでも、私の姿を見つけることは難しいかもしれない。

柏木さんは、今日は鉄棒からのスタートだった。

前回、好成績を残したため、会場の注目度も高まっていた。多くの観客の視線が、真剣な表情で鉄棒を見上げる柏木さんに集まる。

柏木さんは大きく息を吐き、飛び上がって鉄棒を握った。

頑張って。

私の祈りは、柏木さんが最初の技を繰り出した直後、早くも打ち砕かれた。

彼は鉄棒をつかみ損ね、床に敷かれたマットに背中から落下した。

会場中から、「ああ……」という大きなため息が漏れる。柏木さんは床に寝転がったまま、両手で頭を抱えている。

以前の長いスランプも、鉄棒の失敗がきっかけだった。また同じ轍《てつ》を踏むことにならなければいいが……。

いや、彼はオリンピックの代表になるべき選手なのだ。そのためには、技術だけではなく心も一流でなければならない。同じ失敗を二度も繰り返すようなまねをするわけがない。すぐに気持ちを切り替えて、次の種目に向かうはずだ。

だが、私の願いは徐々にしぼんでいった。

彼は終始うつむきがちだった。ときおり、恨《うら》めしげな表情で鉄棒に目をやり、唇を噛んでいる。失敗を引きずっているのは明らかだった。

失敗しないように、という思いが先に立ってしまったのか、平行棒も跳馬もほかの種目も、ふだんの躍動感がまるでない、冴《さ》えない演技が続いた。一種目終えるごとに、彼の表情はどんどん曇っていく。結局、この日の柏木さんは、終始精彩を欠いた。

柏木さんの演技をすべて見届けたあと、私は表彰式を待たずに外へ出た。

私は、前回と同様、敷地の隅にあるベンチに腰掛けた。大会後、ここで待ち合わせて少し話そう、という約束をしていたのだ。

冬の冷たい空気が、身体を震え上がらせる。私は待ち合わせ場所を外にしたことを後悔し始めた。この寒さは、おなかの子どもにとってもよくないかもしれない。

表彰式も終わったらしく、体育館から観客が続々と出てきた。しばらくすると、観客に混じって選手とおぼしき集団も見える。私は目をこらしたが、柏木さんの姿を見つけることはできなかった。

結局、柏木さんが私のもとに姿を見せることはなかった。

ベンチから立ち上がるころには日が暮れかけており、身体は凍りつきそうなほど冷え切っていた。


三日経っても、柏木さんからの電話はない。私からも連絡したが、やはり電話に出る気配はなかった。

四日目、ようやく彼と電話がつながった。

「この間は勝手に帰っちゃってごめん。君に合わせる顔がなかったんだ」

「ううん、いいのよ。大会、残念だったね」

「うん」

彼の声は、ぞっとするほどどうつろだった。

「うまくいかないこともたまにはあるよ。気持ちを切り替えてまた頑張ればいいのよ」

「いや、あれが僕の実力なんだと思う」

「そんなことないわよ。その前の大会は、すごくいい演技ができたじゃない。もっと自分を信じようよ」

「あの大会がたまたまうまくいっただけで、この間の結果が、僕の本当の実力なんだ。僕にたいした才能はないってこと、うすうすわかってた。今までむりやり自分を奮い立たせて頑張っていたけど、そろそろ潮時《しおどき》かもしれない」

「潮時って……」

「引退を考えてる」

「なに言ってるのよ……」

「昨日、夢を見たんだ。君と、君の子どもと三人で、よく晴れた日に近所の公園を散歩していた。よく通る公園なのに、ふだんとはまるで違う世界に見えたよ」

彼は生き生きと語り続ける。「ずっと体操のことばかり考えて生きてきたけど、オリンピックになんか出なくても、好きな人と明るい家庭を築けるだけで、じゅうぶん幸せな人生を送れるのかもしれないいね」

「柏木さん、逃げちゃダメよ」

私は言葉を尽くして柏木さんの気持ちをもう一度奮い立たせようとした。だが、彼の心には届いていないようだった。

「近いうちに、監督とも相談しようと思ってる」

柏木さんは言う。

「柏木さん、その前に一度会ってくれない？　あなたと直接話がしたい」

「いいけど、きっと僕の気持ちは変わらないよ」

「それでもいいから」

会う約束をして、電話を切った。


今回は、柏木さんに、川越まで来てもらうことにした。

川越駅前の商店街にある大きな喫茶店は、ほぼ満席だ。この一割でいいから友杉くんの店に客を分けてあげたいものだ。

早めに到着したので、コーヒーを飲みながら待つ。ここ数年で客足が遠のいていった「蔵造りの町並み」とは対照的に、駅前の商店街は、数年前に百貨店ができて以降人通りが多くなっていた。

通りを行き交う人々に目をやっていると、その中の一人が店に入ってきた。体格のいいその男性は、店内をぐるりと見回し、私に気がついた。

柏木さんは、私の隣に座る男性を不思議そうに見つめた。

「あの、こちらの方は……？」

「友杉くんというの」

友杉くんが「はじめまして」とあいさつする。

柏木さんは、眉をひそめつつも頭を下げ、向かいの席に腰を下ろした。

「とりあえず、何か頼んだら？」

私にうながされてコーヒーを注文したあとも、柏木さんから困惑の色が消えることはなかった。

「ええと、どういうこと？」

柏木さんが、私と友杉くんを見くらべる。

「この人が、私の前の彼なの」

私は友杉くんの腕に手を触れた。

「そうなんだ」

ある程度は予想できたのか、柏木さんの様子に変化はない。

「柏木さん、彼氏に子どもができたことを伝えたほうがいい、って言ってくれたでしょ？私、柏木さんの言うとおりにしたの」

ここで、初めて柏木さんの顔が険しくなった。

「最初に話を聞いたとき、この人はすごく戸惑ってた。まるで他人事《ひとごと》で、自分はいっさい責任を取りたくないような態度だったけど、ようやく覚悟を決めてくれたの。自分の子どもなのだから、男として責任を取りたいって言ってくれた」

テーブルの上で、柏木さんの両手が震えている。店員がコーヒーを届けにきたが、そちらを見ようともしなかった。

「私たち、結婚することにしたの。だから、ごめんなさい。あなたとはつきあえません」

柏木さんはしばらく言葉を失っていた。

「……僕は、夢を諦めてまで君のそばにいようと決めたところだったのに」

「私は、夢を追いかける柏木さんが好きだったの。オリンピックの舞台に立つ日が来ることを信じて努力し続けるあなたに惹《ひ》かれていた。夢を捨てようとしているあなたには、なんの魅力も感じないわ」

彼は、大会でひどい失敗をしたときのような、愕然《がくぜん》とした表情になった。

「今のあなたは、夢から逃げて私に依存しようとしているのよ。仮に私たちが将来結婚したとしても、結婚生活がうまくいかなくなったとき、きっとあなたは、酒とか女とかギャンブルとか、また別の何かに逃げる。そんな心の弱い人と、私が一生をともにしたいと思う？」

「それは……」

「あなたは絶対オリンピックの代表になれる人なんだから、自分を信じて、これからも夢を追ってほしい。私の大好きな選手であり続けてほしいの」

「一度だけ、二人であなたの演技を見たことがあるんです」

ずっと黙っていた友杉くんが、初めて口を開いた。

以前、テレビ放送されていた体操の大会を一緒に観たことがあったのだ。

「あなたの演技は、素人《しろうと》の僕が見ても、華があって格好よかった。彼女があなたを熱心に追いかける理由がわかったような気がしました」

「それがなんだっていうんですか」

「彼女は、あなたと別れるために心にもないことを言っているわけではありません。あなたがオリンピックの舞台に立つ日が来ることを本気で信じているんです。彼女がどれだけ柏木望という選手に惚《ほ》れ込んでいるのか、僕はよく知っています」

柏木さんのこわばっていた肩が、ゆっくりと下がっていく。考え込むような顔つきで、目の前のコーヒーカップを見つめていた。

「話はよくわかった」

しばらくしてから、柏木さんは落ち着いた口調で言った。

「まだ監督には引退したいとは言っていないのよね?」

「うん」

「よかった」

私は胸をなで下ろした。

友杉くんが、柏木さんに体操に関する質問をする。状況はともあれ、私がずっと追いかけ続けていた選手とじかに話せることを楽しんでいる様子だった。

話が途切れてから、柏木さんはようやくコーヒーに口をつけた。すっかり冷めていたらしく、まずそうな顔をした。

「とりあえず、今日は帰るよ。まだ気持ちの整理がついたわけじゃないけど、とにかく今は、ひとりで考えたい」

私たちは店を出て、柏木さんを川越駅まで送った。


友杉くんの自宅に戻り、コーヒーを淹れてもらった。「Memory」のものよりは安い豆を使っているそうだけど、それでもさっきの喫茶店よりもずっと味わい深い。

「お疲れさま」

コーヒーを飲みながら、友杉くんが言った。ひと仕事終えたあとの彼は、少し疲れているようだ。

「ありがとね、嘘ついてくれて」

「いいんだよ」

と言って、彼は片頬をつり上げた。「ふふ、君が僕の彼女かぁ。傑作だなあ」

以前、見合い話を片っ端から断り続ける私たちに業《ごう》を煮やした祖母が、「いっそのことあなたたち二人が結婚したらどう?」と私たちの前で言い放ったことがある。私たちは互いに顔を見合わせ、そろって大笑いした。幼稚園のころからの友達を、今さら異性として見るなんて、お互い考えられなかったのだ。

「それにしても、馬鹿だよなあ、君も。相手の記憶を消してまで別れたはずの人のところに、どうしてまた会いに行ったの?」

「だって……」

私は一度口ごもってから、続けた。「柏木さんとの子どもができたとわかったら、いてもたってもいられなくなっちゃったのよ」

柏木さんとつきあい始めたのは、昨年の秋だった。

順調だった交際に暗雲が垂れ込めたのは、大会で彼が鉄棒から落下してからだった。その日を境に、柏木さんはすっかり調子を崩し、大会でも不本意な成績が続いた。彼は弱音ばかり吐くようになり、私がいくら励ましてもまるで聞かなかった。体操への熱意を失い、練習を休むことも増えていった。

柏木さんはとうとう「体操をやめようかな」とまで言い出すようになった。私が説得しても、考えを変えるどころか、「オリンピックに出られなくても、好きな人と一緒に暮らせるだけでじゅうぶん幸せなのかもしれない」と、結婚をほのめかすようなことまで口にした。

私は別れ話を切り出した。体操を失っても私がいる、と思っているから、簡単に夢を捨てることができるのだ。この人は私といるとダメになる。私の好きだった柏木さんは、私と一緒にいる限り、もう二度と見ることはできないのだ。

だが、納得しなかった柏木さんは、帰宅する私のあとをつけてアパートの場所を突き止め、私をつけ回すようになった。僕と別れるなんて絶対に許さない、と執拗《しつよう》に責め立ててくる様子は、大勢の観衆の前で華麗な演技をする柏木さんと同一人物だとは思えないほど醜《みにく》かった。

別れを告げられて逆上した男性が女性に危害を加える事件は、これまで何度も報じられていた。このままだと私も危ない。

私は決意した。

柏木さんとの交際は、友杉くんにしか話していなかった。彼も、所属するチームには恋愛にうつつを抜かしているようでは成長できないという価値観が根づいていたため、私のことは誰にも明かしていなかったようだ。私との交際の記憶を消しても、お互い、日常生活に支障はない。

祖母には、仕事以外の場では安易に力を用いないよう釘《くぎ》を刺されていた。記憶を消すことが間違いなく相手のためになる場合だけ力を使ってもいい、とも言われていた。

祖母も許してくれるはずだ。私のためだけではなく、柏木さんのためにも、彼には私のことを忘れてもらったほうがいい。

その日、私はよりを戻すふりをして柏木さんの家に泊まった。彼が眠ったのをたしかめてから、柏木さんの頭に手を当て、私とつきあっていた記憶を消した。何も知らずに眠りこけている柏木さんを置いて家を出た。駅前のベンチで始発を待ち、帰宅して布団に倒れ込んだとたんに、涙が止まらなくなった。

さんざん泣き続けているうちに、いつのまにか眠ってしまった。目が覚めたときには、驚くほど気分がすっきりしていた。これまで経験したいくつかの恋と同様、柏木さんと過ごした日々も、甘くほろ苦い思い出として振り返ることができるような気がした。

それから妊娠が発覚するまでの間は、まるで自分自身の記憶まで消したかのように、柏木さんを思い出すことはなかった。

妊娠が発覚し、ふたたび柏木さんへの想いがつのるようになったころ、彼が出場する大会が間近に迫っていた。もう彼の目の届くところには行かないほうがいいと理解していたのに、私は足を運んでしまった。おなかの赤ちゃんに父親の勇姿を見せたかったし、彼がちゃんと立ち直れたかどうか心配だったのだ。

あの日、柏木さんが久々にいい演技をしたとき、私は心の底から安堵した。やはり私の決断は間違っていなかったのだ、と確信した。

だが、その直後、私たちはふたたび出会ってしまった。

出会いは、前回とまったく同じだった。一年前も、大会が終わったあとに柏木さんが私に声をかけてきたのがきっかけで交際が始まったのだった。

柏木さんから「ずっとあなたのことが気になっていたんです」と言われた瞬間、一年前と同様、痺《しび》れるような快感が背筋を貫いた。これでは記憶を消した意味がない、とわかっていながらも、柏木さんの誘いに乗り、デートを重ねてしまった。

妊娠の事実を告げたあと、柏木さんから子どもの父親になりたいと言ってくれたときの感動は、生涯忘れないだろう。今の彼なら、私がいても、体操と真摯《しんし》に向き合い続けてくれるかもしれないと思い、私の仕事のこと、この子の父親は正真正銘彼自身であることを柏木さんに伝え、ともに人生を歩もうと決意した。

だが、そのあとの大会で柏木さんはふたたび大きな失敗を犯《おか》した。数日後の電話で体操をやめると言い出し、結婚をほのめかし始めたとき、私は考えをあらためた。

やはり、私たちは結ばれるべきではないのだ。私と一緒にいる限り、柏木さんはどんどん堕《だ》落《らく》していく。私はいずれ、彼を嫌いになってしまうに違いない。

私は今度こそ、柏木さんと決別することにした。

私は友杉くんに、彼氏のふりをしてほしいと頼んだ。前回、別れ話を持ち出したとき、柏木さんは執拗に私をつけ回した。今回も、すんなり別れに応じてくれるとは限らない。彼氏役の男性と会わせた上で、別れた恋人がけじめをつけて結婚すると決めた、と話せば、さすがの柏木さんも諦めてくれるはずだ、と考えてのことだった。

柏木さんは、いったんひとりで考えたい、と言っていたが、仮に彼が「やっぱり諦めきれない」と言ったとしても、私はもう会うつもりはない。私たちの関係は、今度こそ終わったのだ。

「君もつらいだろうね。同じ人を相手に、二度も失恋することになったんだから」

友杉くんがいたわるように言う。

「帰ったらまた泣いちゃいそう」

私はぬるくなったコーヒーを口にした。

きっと、今夜も泣きながら過ごすことになるだろう。でも、最初に別れたときと同様、さんざん泣いてぐっすり眠れば、きっと朝にはすっきりした気持ちで新たな日を迎えられるはずだ。

柏木さんを想うのは、今日が最後だ。


いつにも増して寒さの厳しい一日だった。街路樹の葉はとうに散り、裸になった木々が真冬の風を浴びている。

今日も「Memory」はすいていた。

支払いを終えて店を出ていく客に、友杉くんが「ありがとうございました」とにこやかにあいさつしていた。

私とタカさんはいつもどおり奥の席に座り、コーヒーとナポリタンを頼んだ。

「あ」

煙草を出しかけたタカさんが、私のおなかに目を留めた。「あんたの前ではやめたほうがよさそうね」

タカさんが煙草を鞄《かばん》にしまい、かわりにコーヒーに口をつけた。

「体調はどう？　ちゃんと栄養のあるものを食べてる？」

「大丈夫よ」

私はうなずいた。「タカさん、味方してくれて、本当にありがとう」

父親のいない子の妊娠を打ち明けたとき、両親は出産に猛反対した。特に母の動揺は激しく、結婚もせずに子どもを産むなんて信じられない、と責め立ててきた。

ほかの親族もみな私の選択に眉をひそめる中で、唯一賛成してくれたのがタカさんだった。

彼女は私の実家に顔を出し、「命を授かったんだから、少しは喜んであげたらどうなの」と両親を諭《さと》してくれたらしい。

母になることが叶わなかったタカさんの一言は重かった。黙りこくった両親に向かって、「娘がどうしても産みたいというんだから親は味方をしてあげるべきなんじゃないの」と重ねて説得したおかげで、なんとか私は出産を許してもらえることになったのだ。

「未婚の母に対する世間の風当たりは強いよ。きっとこれから、たくさんの人に色眼鏡《いろめがね》で見られることになる。そういう連中に立ち向かう覚悟はあるの？」

「うん」

反射的に答えたものの、本当に覚悟ができているのか、自分でもよくわからない。どんな苦労が待っているのかは、実際に産んでみないとわからないのだ。

「とは言ったけど」

タカさんが表情をやわらげた。「味方はたくさんいるんだから、あまり肩肘張るのもよくないかもしれないね。あんたの両親も、なんだかんだ言いながらも孫ができたら溺愛《できあい》するだろうし、一応私もいるしね。ま、いつ逝ってしまうかわからないけど」

タカさんが笑い声を上げる。祖母が亡くなって以来、タカさんはしばらく落ち込んでいたのだが、私の妊娠を知って元気を取り戻したようだ。子どもの誕生を心待ちにしている人の存在は、私を勇気づけてくれる。

「それに、彼だってそこそこ役に立つだろうからね」

背後を振り返り、友杉くんを探したタカさんだったが、カウンターの内側でのめり込むように本を読んでいる姿を目に留めたとたん、顔をしかめた。

「まったく、のんきなものだよ」

「松本清張の新作が出たらしいの」

「あの子は仕事を舐《な》めてるね」

タカさんが大きなため息をついた。

ただ、好きな作家の作品が出版されると仕事どころではなくなる気持ちは、私にもよくわかる。私も、三島由紀夫や川端康成の新刊が出るたびに、時間を忘れて読書に熱中してしまうのだ。

「店主はやる気がないし、センスのない曲ばかり流しているし、この店がつぶれるのと、私が死ぬのと、どっちが先かねえ」

店内ではビートルズの「Yesterday」が流れている。妊娠がわかった直後は、愛する者との別れを歌うこの曲を聴きながら柏木さんと過ごした日々に思いを馳せることが多かった。今の私はもう、我が子と生きる未来のことしか考えていない。

「どうしてそんなにビートルズが嫌いなの？」

「逆に聞きたいね。あんないけ好かない人たちのどこがいいんだい？」

ビートルズを毛嫌いする年配の人は少なからずいる。数年前の来日公演で世間が大いに盛り上がっていた最中も、タカさんは「どうして見に行けない人たちまで馬鹿みたいに騒いでるんだろうね」と文句ばかり言っていた。

「ところで、花江《はなえ》ちゃん。最近、仕事はどうだい？」

タカさんが話題を変えた。「やっぱりいまだに戦争に関する依頼が多いの？」

「そうね。あいかわらずよ」

「ふうん。姉さんがやってたころと、あまり変わってないのねえ」

二十数年前、日本は戦争に負け、多くのものを失った。母の兄弟も戦地へ赴《おもむ》き、誰も帰ってこなかった。

あれから四半世紀近くが経ち、世の中は劇的な変貌《へんぼう》を遂げた。数年前には東京オリンピックが開かれ、大阪万博の開催もまもなくだ。あっという間にこの国は先進国の地位を取り戻し、あの悲惨な戦争はすでに過去のものになったかのように見える。

だが、この仕事をしていると、今も多くの人の心に戦争の傷が深く刻み込まれているのだと痛感せずにはいられない。

私の店に電話をかけてくる人の大半は、日中戦争や太平洋戦争を生き残った人たちだった。人を殺したり、仲間の死を目《ま》の当たりにしたり、極限状況の中を生き延びたりした者たちは、日本に帰ってきてからも当時の記憶に苛《さいな》まれていた。

ある者は仕事に没頭し、ある者は酒に溺《おぼ》れ、なんとかして当時の記憶を忘れようとしている。だが、心の底に封じ込めていた記憶は、いつ、どんな形で顔を見せることになるかわからない。二十年以上経った今になって、ふとした弾みで戦争の記憶に囚《とら》われ、自分を保つことができなくなった人たちが、私の店にたどり着くのだった。

「でも、おばあちゃんが働いていたころにくらべれば、かなり数は減っているはずよ」

私は、日ごとに目立ってきたおなかに手を当てた。最近では、店を訪ねてくる人たちからも、「おめでたですか？」と訊かれることが多くなってきた。

「最近、思うの。このまま血がつながっていけば、私の孫が跡を継ぐことになるよね。でも、その子が大きくなったころには、この仕事はもう必要とされていないんじゃないかしら」

「それって五十年以上あとのことでしょう？　そんなに先のことを考えてるの？」

タカさんが呆《あき》れている。

たった二十年で、世の中は大きく変わった。今はまだ戦争の傷を引きずっている人もいるが、いずれは戦争を経験した世代もこの世から去っていく。豊かになればなるほど、記憶を消さずにはいられないほどの悩みを抱える人も減っていくだろう。あと五十年も経てば、私の力など、誰からも求められなくなるのではないだろうか。

もちろん、それはすばらしいことではある。ただ、この力を使うことで社会との接点を持ってきた私にとっては、少しさびしい。

五十年後の存続が疑わしいのは、この蔵造りの商店街も同じだ。

友杉くんも私も、ともにこの商店街に店を構えている。私はこの「Memory」の数軒隣に立つ、親族が経営する呉服店の二階で仕事をしている。

年々、駅前の商店街に客を取られ、この一帯は活気を失いつつある。蔵を取り壊して土地を売ってしまおう、と考えている人も少なくないらしい。子どものころから当たり前のように存在していた風景は、近いうちに消え失せてしまうかもしれないのだ。私たちの家業は、この街とともに滅《ほろ》び去っていく運命にあるのかもしれない。

自分の不安をタカさんに話すと、彼女は笑い飛ばした。

「そんなに気にすることないんじゃない？　たしかにこの二十年で、世の中は信じられないくらい変わった。でもね、歴史はつねに繰り返すし、人間はそんなに変わらないのよ。どんな時代になっても人は思い悩むし、花江ちゃんを頼らずにはいられなくなる人が必ず現れる。だからこそ、あんたの力は何代にもわたって脈々と受け継がれてきたんじゃないの？」

そして、タカさんは慈しむような視線を私のおなかに向けた。「子どもを産むと決めた花江ちゃんの決断は、未来を生きるたくさんの人を救うことになるはずよ」

私は両手をおなかに当てた。身体の内側で、新たな命が動いているのを感じる。

「この商店街のことだって、私は心配していないよ。この町並みを本気で残したい人がいるのなら、必ず道は開けるはずだよ。私たちは戦争からたった二十年でここまで立ち直ったんだ。そのことを思えば、なんだってできると思わないかい？」

タカさんの言葉を聞いて、私は未来に思いを馳せる。

今はまだおなかの中にいるこの子も、いずれは大人になり、新たな命を生み出す。そして、その新たな命もまた、この歴史ある街で、私と同じようにたくさんの人を救うところを想像する。

今の私には、まるで現実味がない。果たして、そんな未来が本当に訪れるのだろうか？

隣に気配を感じる。いつの間にか、友杉くんがすぐ近くの席で私たちの話を聞いていた。

「タカさんはいいことを言いますねえ。花江が引退するころには、僕もこの店を孫に任せて、毎日家で寝転がっていられるかもしれませんね」

「あのねえ、あんたはもっと危機感を持ちなさい！」

呆れ顔で言うタカさんに、友杉くんはあっけらかんとした様子で笑う。友杉くんを見ていたら、私もだんだん悩むのが馬鹿らしくなってきて、一緒に笑い声を上げた。

おなかの中で子どもが動いた。

まだ見ぬ我が子も、一緒に笑っているのかもしれない。

エピローグ

母がＳＮＳを始めたらしい。画像や動画の投稿がメインのＳＮＳで、スマートフォンで撮ったものをアップしているそうだ。

私はソファーに寝転がり、両親が共用で使っているタブレットで母の撮った写真を見てみることにした。

変わった形の雲や桜が満開の近所の公園など、日常生活の一場面を切り取った画像がいくつも投稿されていた。

一枚ずつ見ていくと、突然見慣れない光景が現れた。

そこには、海を背景に、ひし形の中央をくりぬいたような形のモニュメントが写っていた。

「ねえお母さん、これどこ？」

ダイニングテーブルで朝刊を読んでいた母が、私のもとへ近づいてきた。

「ああ、それね。お父さんと石巻に行ったときに撮ったのよ。それは、震災で亡くなった人たちを慰霊《いれい》するモニュメントね」

SNSには、このほかにも、東日本大震災の被害を伝える震災遺構や、復興祈念のために作られた公園など、石巻を訪ねたときの写真がいくつも並んでいた。

「たまたまかもしれないけど、以前行ったときとくらべると人の数がだいぶ減ってたの。十年以上経つと、世間はもう震災のことなんて忘れてしまうのかもしれないね」

母が悲しそうに言った。

「みんな、つらいことは忘れたいんだよ」

「あれだけたくさんの人が亡くなったのに、本当にそれでいいのかしらね」

同じ宮城県とはいえ、実家は内陸部にあるので、震災の被害は沿岸部にくらべるとまだましなほうだった。震災後、津波で家を失った家族が何組かこの地に引っ越してきて、その中には私と同学年の女子生徒もいた。彼女は津波の恐怖が忘れられず、高校を卒業するまでの間、水泳の授業はいつも見学していた。だが、大人になってからはすっかり恐怖を克服したらしく、今では夏になるたびにサーフィンを楽しんでいるそうだ。

震災の記憶が風化していくことを憂《うれ》える母の気持ちも理解できる。一方で、その同級生のように、忘却が救いになることだってあるのではないか、とも思うのだ。

「麻季はSNSやってないの？」

「やってない。書きたいことはないし、写真もふだん撮らないしね」

「今どき珍しいのね」

母はダイニングテーブルに戻り、ふたたび新聞を読み始めた。

母の撮った画像の続きを見ようとしたとき、母が突然「あら！」と声を上げ、「麻季、これ見て」と私を呼んだ。

母は新聞の片隅を指さしていた。

「柏木望が亡くなったそうよ」

紙面には老紳士の顔写真が掲載されていた。膀胱《ぼうこう》がんで亡くなったことと、生前の功績が、十行程度でまとめられている。享年七十八。

「……誰？」

記事には、五十年近く前のオリンピックで銅メダルを獲得した体操選手だと書かれている。

「覚えてないの？　中学のとき、この人の講演を聞きにいったでしょう」

「あっ」

ようやく思い出した。

中学のとき、私は体操部に入っていた。

部活は三年の夏で引退したのだが、その年の秋、一、二年生を対象にした新人戦に合わせて柏木望の講演会が開かれた。メダリストの話を聞ける貴重な機会だと思い、私は体操部の友人と一緒に聞きにいったのだった。

「柏木さん、亡くなっちゃったのね」

紙面に目を落としたままつぶやくと、母が訝《いぶか》しげに私を見た。

「なによ、そんな顔して。そんなにショックなの？」

「あ、いや……」

私が言葉を濁《にご》していると、母が新聞紙をたたんで立ち上がった。

「お母さんこれから買い物行ってくるけど、麻季も一緒に来ない？」

「ううん、私はいいや。雨降ってるし」

「そう……ねえ麻季、転職のことはちゃんと考えてるの？」

母が心配そうに訊《き》いてきた。私が突然仕事を辞め、日々実家にこもりっきりでいることを、ずっと気にかけているのだ。

これまで転職活動は何もしていなかったし、実家に戻って以来、遠出したのもたったの一日だけだった。そのときの行き先は、母には秘密にしている。

「明後日、友達に会って、転職の相談に乗ってもらう予定なの」

とっさに嘘をついた。母を安心させたかったし、実際その日は出かける予定があるからだ。

「そうなの？　相談という名目で、本当は遊びにいくだけのつもりじゃないでしょうね？」

「そ、そんなことないよ」

目をそらした先には、よりによってキャンプ場のチラシが置かれていた。今年、純平くんの実家がある町にオープンしたばかりのキャンプ場だ。

「……そう。ならいいけど」

母は「じゃあ行ってくるわね」と言ってリビングを出ていった。しばらくすると外から車のエンジン音が聞こえ、徐々に遠ざかっていった。ひとりきりになったリビングに、雨の音だけが響く。

私は朝刊を開き、柏木望の死を報じる記事にあらためて目を落とした。

人の良さそうな、おだやかな表情をじっと見つめる。

母には言わなかったけれど、私は柏木望と直接話したことがある。写真を見ているうちに、そのときの記憶がよみがえってきた。


九月最後の日曜日が新人戦で、その前日が柏木さんの講演会だった。会場は、体操部に所属する中高生を中心に、たくさんの人で埋まっていた。

柏木さんは、現役引退後は長らく実業団のコーチを務め、そこを辞めてからは講演や体操の普及活動で日々忙しくしているらしい。講演では、最初に普及活動中のエピソードをいくつか話してから、現役時代、オリンピックでメダルを獲るまでの苦労に話が移った。

柏木さんは、将来を嘱望《しょくぼう》されながらも好不調の波が激しく、大事な大会でいつもミスを犯してしまい、日本代表の座を逃《のが》し続けてきた。二十代後半になっても満足な結果が得られず、引退が頭をよぎったことが何度もあったという。だが、そのたびに「自分には体操しかない」と自らを奮い立たせて必死に努力を重ねた結果、体操選手としては旬を過ぎているはずの三十歳という年齢で初めてオリンピックに出場し、銅メダルを獲得した。

メダルを獲れたのは、最後まで諦めず、誰よりも努力を重ねたからだ、と柏木さんは力を込めて語った。

「生活のすべてを体操に捧《ささ》げたせいで、うっかり結婚することさえ忘れてしまいました。おかげで今でも独身です」

茶目っ気交じりに話すと、会場から笑い声が上がった。

「みなさん、大きな夢を持ってください。どんなに道が険しくても、自分を信じて一心に努力を続ければ、必ず願いは叶います」

そう締めくくって、講演は終わった。会場には大きな拍手が鳴り響いた。

「いい話だったね。私泣きそうになっちゃった」

席を立ったあとで、一緒に講演を聞いていた体操部の友人が興奮気味に言った。

「うん、そうね……」

私があいまいな返事をしていると、友人が不機嫌になった。

「あれ、あんまり感動してないね。ぐっときたのは私だけ？」

「あ、いや、そんなことないよ。すごくよかったよね」

私は彼女に話を合わせた。

翌日、その友人は家の用事があるというので、私ひとりで会場の体育館へ向かい、後輩たちを応援した。

昼休憩の時間、私は外に出て、敷地内にある植え込み前のベンチに腰を下ろし、母が作ってくれた弁当を食べた。

食べ終えてからもまだ時間があったので、バッグから本を取り出した。仙台在住の人気ミステリー作家が執筆した新作だ。

ほがらかな陽気の中、私が小説に夢中になっていると、視界の端に人影が映った。

顔を上げた直後、頬《ほお》がこわばった。

スーツ姿の老人が、呆然《ぼうぜん》とした面持ちで私を見つめている。

恐怖を感じ、逃げようと腰を浮かしかけた直後、その老人が、昨日講演をしていた柏木望だということにようやく気づいた。

「……どうされたんですか？」

私が訊くと、老人はたった今夢から覚めたかのように、はっとした顔になった。

「す、すまないね。なんでもないんだ」

「あの、柏木さんですよね？　昨日の講演、聞きました。私も体操をやっていたんです」

「ああ……そうだったのか。聞きにきてくれてありがとう」

柏木さんは恥ずかしそうに頭を掻《か》いた。「怖がらせて悪かったね。遠い昔に同じような光景を見たことがあってね……」

彼はよくわからないことをつぶやいている。

「大会、ご覧になっていたんですか？」

「そうなんだよ。君も出場していたのかな？」

「いえ、私はもう引退しました。今日は後輩の応援に来たんです」

間近で見る柏木さんは背が高く、体つきもがっしりしている。今でも現役時代のような華麗《かれい》な演技を軽々と披露《ひろう》できそうな気がする。

「引退したのに、わざわざ講演を聞きに来てくれたのか。どうもありがとう」

柏木さんが顔をほころばせた。

「ああ、いえ……」

私が言葉に詰まっていると、彼は怪訝《けげん》そうに眉《まゆ》を寄せた。

「どうしたのかな？」

私はしばらく口ごもっていたが、柏木さんのやさしそうな雰囲気に甘えて、思い切って話してみることにした。

「昨日の話を聞いて、ずっと考えていることがあって……」

「ほう、なんだろう?」

柏木さんが、私の隣に腰を下ろした。

「必死に努力して、オリンピックでメダルを獲れたのは、すごいことだと思います。でも、そのために生活のすべてを捧げたら、代わりに失うものも多かったんじゃないかという気がするんです。必ずしもひとつの目標に向かって突き進むのがいいことだとは思えなくて……」

すべてを体操に捧げたせいで結婚するのも忘れてしまった、と冗談交じりに話していたけれど、私は笑うどころか、正直ぞっとしてしまったのだ。

ひとつのことだけに力を注ぎ込む生き方が、本当に正しいのだろうか?

「たしかに、ほかの生き方もあった、と考えることはあるよ」

柏木さんが遠くに目をやった。視線の先では、彼と同年代の男性が、孫とおぼしき小さな男の子と手をつないで歩いていた。

「二十代のころは、旅行にも行かなかったし、恋愛もほとんどしなかった。それなのに、いっこうに成果が得られなかったから、毎日つらかったよ。栄光をつかみ取るために多くのものを犠牲にしたことも事実だ。もっと早い時期に体操を諦めたら、それはそれで、案外楽しい人生を送ることができたのかもしれないね。ただ……」

不意に、柏木さんがこちらを見た。さっきまで横顔がさびしげに見えたのに、いま、彼の目には力が宿っている。

「家族や友人、体操仲間、ほかにも自分の知らないところで、私に期待をかけてくれた人たちがいるはずだ。彼らの願いを叶えることができただけでも、青春のすべてを体操に捧げた甲斐《かい》があったと思っているよ」

柏木さんはそこで一度口を閉じ、「でも、君の言うとおりだよ」とこぼすように言った。

「何がですか?」

「夢を追うことだけが人生のすべてではない。夢なんか持たなくても幸福に生きている人はたくさんいる。愛する人と明るい家庭を築いただけでもすばらしい人生と言えるし、毎晩うまい酒が飲めればそれだけで幸せだ、と考えている人だっている。どんな生き方が正しいのかは誰にもわからない。大切なのは、どんな道を選んだとしても、その選択を信じることができるかどうかだよ。それさえできれば、他人がなんと言おうが、その人の人生は正しかったと言えるんじゃないのかな」

「柏木さんは、自分の選択が正しかったと信じているんですね?」

「うん。私は最高の人生を歩めたと思っているよ」

確信に満ちた表情で答えた。

まもなく昼休みが終わり、午後の競技が始まろうとしていた。私たちは一緒に体育館へ戻ることにした。

「ぶしつけな質問に答えてくれてありがとうございました。今の話、講演ではしないんですか？」

別れ際、柏木さんに訊いた。

「とんでもない！　夢を追うだけが人生じゃない、などと言ったら、誰も私に講演を依頼してくれなくなってしまうよ」

大げさに首を横に振る柏木さんを見て、私は思わず声を上げて笑ってしまった。

柏木さんの訃報《ふほう》を知った日の朝から、しばらくぐずついた天気が続いた。

私が出かける日、ようやく雨は上がったものの、天気予報を見ると、東北地方はどこも曇りのマークがついていた。

私は朝食も食べずに、すぐ外出の準備を始めた。

「こんなに早くから出かけるの？」

母が驚いていた。

「待ち合わせ時間が早いのよ」

「ふうん……」

怪しむ母から逃げるように、私は家を出た。

外は肌寒かった。最寄り駅から電車に乗り、目的の駅で降りる。駅の構内には、新しくできたキャンプ場の広告が掲示されていた。

私は、そのキャンプ場へ向かう路線バスに乗り込んだ。しばらくバスに揺られ、キャンプ場のかなり手前のバス停で降りた。

十五分ほどで、大きな墓地のある寺に着いた。

私のほかに人の姿はなかった。カラスの鳴き声が遠くから聞こえてくる。

水を入れた桶《おけ》とひしゃくを持ち、純平くんが眠る墓へ向かった。

曇天《どんてん》の下、私は「一岡家之墓」と彫られた立派な墓石に水をかけ、純平くんのことを想いながら手を合わせる。目を閉じていると、数々の思い出がよみがえってきて、自然と涙があふれてきた。

三分ほど経ってから、私は目を開き、涙を拭いて、純平くんの墓に背を向けた。

駅に戻る路線バスは午後まで待たないといけないので、私はタクシーを呼んだ。

「最近できたキャンプ場、お客さんは行かれました？」

タクシーの運転手が訊いてきた。

「いえ、まだ行ってないです」

「まだ」とは言ったが、私がそのキャンプ場へ行くことは永遠にないだろう。わざわざお金と手間をかけてまで不便な暮らしを求める意味が、私にはさっぱりわからない。それに、キャンプ場と聞いただけで、純平くんとキャンプの悪口を言い合っていたときのことを思い出し、胸が締めつけられるのだ。

純平くんの墓参りには、退職して実家に帰ってきた翌日にも来ていた。今日の墓参りはそれ以来のことだった。

そして、彼の墓を訪ねるのは、これで最後だ。

なぜなら、今日の夜には、純平くんとつきあっていた記憶がなくなっているはずだからだ。

仙台駅から東北新幹線に乗り、埼玉県の大宮駅で降りた。今日の埼玉は天気がいいらしく、ホームから見える空には雲ひとつなかった。

東京方面にやってきたのは、高校の修学旅行以来だった。駅構内の人の多さに戸惑いながらも、川越線のホームを探し、到着した電車に乗った。

ドアの前に立ち、スマホを開く。

店からのメールによると、記憶を消す店は、「Memory」という名前のカフェの二階にあるらしい。私は地図アプリで、カフェの場所をあらためて確認した。

依頼をしてからも、本当に記憶を消していいのかどうか、ずいぶん迷った。

人の記憶を消すなんて、本来あってはならないことのはずだ。どれだけつらかったとしても、恋人との思い出をすべて忘れてしまうことは、人として許されないのではないだろうか。

キャンセルのメールを送ろうとしたのは、一度や二度のことではなかった。

吹っ切れたきっかけは、中学のときの、柏木さんとのやりとりを思い出したことだった。講演でのメッセージに疑問を呈《てい》した私に対して、柏木さんは、夢のために一生懸命になる人生だけがすべてではないことを認めた上でこう言った。

「どんな生き方が正しいのかは誰にもわからない。大切なのは、どんな道を選んだとしても、その選択を信じることができるかどうかだよ」

彼の言葉を思い出したとき、迷いはなくなった。

何が正しいのかは、他人が決めることではないのだ。

母は、震災の記憶を風化させてはいけない、とよく口にする。だが、被災地から避難してきた同級生のように、過去のつらい記憶が薄れることが救いになる場合だってあるのだ。

ひょっとしたら、その同級生も川越で津波の記憶を消してもらったのかもしれない。私もつらい記憶を消して、人生を前に進めなければ。

「まもなく終点、川越です」

車内にアナウンスが響き、電車が減速を始める。目的地が近づいてきた。私は緊張をほぐすために、小さく深呼吸した。

私はＪＲ川越駅で電車を降り、五月のさわやかな日差しを浴びながら大通りを進んでいった。

注　この物語はフィクションです。登場する人物、および団体名は、実在するものといっさい関係ありません。なお本書は、月刊『小説ＮＯＮ』（小社発行）令和六年九月号に「あなたに似た人」（第一話）を掲載し、第二話以降を書下ろしたものです。――編集部

切りとり線

あなたにお願い

この本をお読みになって、どんな感想をお持ちでしょうか。次ページの「100字書評」を編集部までいただけたらありがたく存じます。個人名を識別できない形で処理したうえで、今後の企画の参考にさせていただくほか、作者に提供することがあります。

あなたの「100字書評」は新聞・雑誌などを通じて紹介させていただくことがあります。採用の場合は、特製図書カードを差し上げます。

次ページの原稿用紙(コピーしたものでもかまいません)に書評をお書きのうえ、このページを切り取り、左記へお送りください。祥伝社ホームページからも、書き込めます。

〒一〇一―八七〇一　東京都千代田区神田神保町三―三
祥伝社　文芸出版部　文芸編集　編集長　金野裕子
電話〇三(三二六五)二〇八〇　www.shodensha.co.jp/bookreview

◎本書の購買動機(新聞、雑誌名を記入するか、○をつけてください)

＿＿＿新聞・誌の広告を見て	＿＿＿新聞・誌の書評を見て	好きな作家だから	カバーに惹かれて	タイトルに惹かれて	知人のすすめで

◎最近、印象に残った作品や作家をお書きください

◎その他この本についてご意見がありましたらお書きください

100字書評

いいえ私は幻の女

住所
なまえ
年齢
職業

大石 大（おおいしだい）
1984年、秋田県生まれ。法政大学社会学部卒業。2019年『シャガクに訊け！』で第22回ボイルドエッグズ新人賞を受賞し、デビュー。著書に『恋の謎解きはヒット曲にのせて』（文庫版改題）『死神を祀る』『校庭の迷える大人たち』がある。

いいえ私《わたし》は幻《まぼろし》の女《おんな》

令和6年9月20日　　初版第1刷発行

著者――大石《おおいし》　大《だい》
発行者――辻　浩明
発行所――祥伝社《しょうでんしゃ》
〒101-8701　東京都千代田区神田神保町3-3
電話　03-3265-2081（販売）　03-3265-2080（編集）
03-3265-3622（製作）
印刷――TOPPANクロレ
製本――ナショナル製本

ISBN978-4-396-63669-2　C0093
祥伝社のホームページ　www.shodensha.co.jp

祥伝社

四六判文芸書

ささやかな幸せをめぐる心優しい物語

東家の四兄弟

占い師の父を持つ、男ばかりの四兄弟。
一枚のタロットを引き金、
ほろ苦い過去や秘密がうきぼりに？

瀧羽麻子

祥伝社

四六判文芸書

わたしがわたしであるために、
物語がつづきを書いてと叫んでいる――

物語を継ぐ者は

実石沙枝子

幼いころから大好きだった小説の作者は、急逝した叔母だった！
未完のファンタジーの結末を求めて、少女が呪文を唱えると……。

祥伝社

四六判文芸書

残された人が編む物語

桂 望実

突然の失踪。動機は不明。音信は不通。
消えてしまったあなたへ――

足取りから見えてきた、失踪人たちの秘められた人生。
喪失を抱えて立ちすくむ人々が、あらたな一歩を踏み出す物語。